倡导诗意健康人生　为诗的纯粹而努力

2018新发现诗人作品选

主编 阎志

人民文学出版社
PEOPLE'S LITERATURE PUBLISHING HOUSE

图书在版编目（CIP）数据

2018新发现诗人作品选/冯谖等著. -北京：人民文学出版社，2018（中国诗歌/阎志主编）
ISBN 978-7-02-014302-3

Ⅰ. ①2… Ⅱ. ①冯… Ⅲ. ①诗集-中国-当代 Ⅳ. ① I 227

中国版本图书馆 CIP 数据核字（2018）第 103078 号

主　编：阎　志
责任编辑：王清平
责任校对：王清平
装帧设计：叶芹云

出版	人民文学出版社有限公司　http：//www.rw-cn.com
地址	北京市朝内大街 166 号　邮编 100705
印刷	湖北新华印务有限公司
经销	全国新华书店
开本	880 毫米×1230 毫米　1/32
印张	10
字数	210 千字
版次	2018 年 4 月北京第 1 版　2018 年 4 月第 1 次印刷
ISBN	978-7-02-014302-3
定价	39.00 元

《中国诗歌》编辑部
武汉市江岸区惠济路 3 号卓尔书店　邮编：430000
发稿编辑：刘蔚　熊曼　朱妍　李亚飞
电话：027-61882316
投稿信箱：zallsg@163.com

如有印装质量问题，请与本社图书销售中心调换。电话：010-65233595

《中国诗歌》编辑委员会

编 委
（以姓名笔画为序）

车延高　　北　岛　　叶延滨　　田　原
吉狄马加　李少君　　李　瑛　　杨　克
吴思敬　　邹建军　　张清华　　荣　荣
娜　夜　　阎　志　　梁　平　　舒　婷
谢　冕　　谢克强　　雷平阳　　霍俊明

主　　　编：阎　志
常务副主编：谢克强
副 主 编：邹建军

目　录

冯谖的诗 …………………………………………… 2
午言的诗 …………………………………………… 14
李昀璐的诗 ………………………………………… 26
郑毅的诗 …………………………………………… 38
鱼安的诗 …………………………………………… 50
黑多的诗 …………………………………………… 62
严琼丽的诗 ………………………………………… 74
上河的诗 …………………………………………… 86
丁薇的诗 …………………………………………… 98
李阿龙的诗 ………………………………………… 110
翟莹莹的诗 ………………………………………… 122
西尔的诗 …………………………………………… 134

冯爱飞的诗 ………………………………………… 146
黍不语的诗 ………………………………………… 150
大树的诗 …………………………………………… 154
颜彦的诗 …………………………………………… 158
从安的诗 …………………………………………… 162
宋阿曼的诗 ………………………………………… 166
王家铭的诗 ………………………………………… 170
余榛的诗 …………………………………………… 174
贾昊橦的诗 ………………………………………… 178

马映的诗 …………………………………………………… 182
赵桂香的诗 …………………………………………………… 186
郭云玉的诗 …………………………………………………… 190
刘浪的诗 ……………………………………………………… 194
吕达的诗 ……………………………………………………… 198
扶摇的诗 ……………………………………………………… 202
秋子的诗 ……………………………………………………… 206
白左的诗 ……………………………………………………… 210
左手的诗 ……………………………………………………… 214
阿天的诗 ……………………………………………………… 218
陈安辉的诗 …………………………………………………… 222
顾彼曦的诗 …………………………………………………… 226

羌人六的诗 …………………………………………………… 230
向晓青的诗 …………………………………………………… 236
黄小培的诗 …………………………………………………… 241
潘云贵的诗 …………………………………………………… 247
陌峪的诗 ……………………………………………………… 253
徐晓的诗 ……………………………………………………… 258
牛冲的诗 ……………………………………………………… 264
高短短的诗 …………………………………………………… 269
马晓康的诗 …………………………………………………… 275
予望的诗 ……………………………………………………… 280
祁十木的诗 …………………………………………………… 285
蓝格子的诗 …………………………………………………… 291

"诗意的诱惑"与"坚守的困境"/徐威 …………………… 296

冯谖

本名章谦,1992 年生,安徽铜陵人。2017《中国诗歌》"新发现"夏令营学员。作品散见于《人民文学》、《西部》、《星星》、《诗选刊》、《中国诗歌》、《诗歌月刊》、《读诗》等。

冯谖的诗

不唏嘘

落叶打中我的时候
感受到的是恻隐
而非敦促
汽车尾气格外温暖
尽管月前我还曾
因其带来的炙热而生气
桂花开得正好
那是上次路过公园的事情了
而残留至今的古怪气味
却仿如数年前
台风离开的傍晚

病隙碎语

病患使人宁静
望清理当取舍的东西
匿在厚棉被中

发汗
顺便发发梦
往事忽然变得温柔
闪现的音容
也不再那么狰狞
一切仿佛
置身于骗局
而我们常挂齿间的真实
如若迈不过谎言
便终归只能
与谎言同路

寄宿事件

芳香剂由门外渗入房内
我的怨愤则以相反方向流回
一幢大厦的清晨不必伪饰
气味不必
它的租户也不必
外面是阴天
很快便会转晴
这些情况被拦在那边
只可以远观
却不能有真实的触感
我想
我的处境尚属自由
当我毫无愧色地将牢狱

推向光亮和行人

人情世故

爱情到灵魂为止
这是在夏日
才肯招认的事情
当身体的吸引
不再奏效
一切跌落到恬静的地步
理应庆幸
尘世间那些不可勉强之物
让人相信公义
仍旧存在
且必将继续下去

头痛帖

牙龈沁出的淡红色枝杈
像童年见过的巨型闪电
愣在镜子前的我
也如当时一般讶异
随着大口清水进驻
茎脉转瞬消失
无迹可寻
类似暴雨过后

天幕的安详
我下意识地偏了偏头
在午后
仿佛立于不败之地

贤者时间

旷野处有人焚烧
必须付之一炬的东西
火光或轻烟
皆非我亲眼所见
能够借以判断的
只是那股熟知的气味
天空阴沉沉的
像是起了雾
又像是即将落雨
我打开所有的窗户
惊惶就要消散
对此我深信不疑

细雨共和国

我拉紧窗帘
以为雨水
可以就此打住
却还是嗅到了腐败的气味

这感觉曾漂浮于若干年前
在清晨的废弃隧道
午后的职工浴室
以及日暮的田野小径
混沌黏腻
又让人耳目一新
没有哪种记忆会使人蒙羞
正如没有哪种记忆
能够真正带来荣耀
而那些从未诞生的
你不说我也明白
永远都不可能消亡

无可奉告

光透过来的时候
我们在互相生闷气
一些鸡毛蒜皮的事情
充盈着彼此
而光
仅仅是光
能够消弭的
终归有限
除了使灰尘无所遁形
且更加具体外

南　山

我站在街头
允许黄昏通过
不设障碍
也不收取任何费用
像一棵绿化树
拒绝接受行人的礼赞
毫不介意
被飞鸟忽视

月光情报局

航班每日数次
往返于异地
与我生活的这一区
捎走一些东西
再搬来另一些
很少有人掰着指头
认真计算过
具体的得失
左不过是无缘无故中断
又假装从头来过
吊带跟雨水
成了小高层的内忧和外患

人们只好提前熄灯
在入夜时分
依靠窗帘的缝隙
观看对楼的通宵麻将
那边灯火通明
三缺一的残酷现实
并未为他们日益干枯的想象
设下什么难堪的陷阱

静静的顿河

静静是谁
男性还是女性
成人还是老幼
脱俗还是普通
顿河又在哪里呢
北方抑或南方
东部抑或西部
地球抑或其他星系
这些疑难
像时间一样
没有尽头
但总会有一条顿河
平息了所有的猜度
那样真实地存在
犹如时间
静静地流

八一隧道

它穿过我
当我屈从于静止的假象
欺侮会不会持久
这取决于忍耐
现今是否已变成
奢侈的东西
黑暗接踵而来
又不断退散
像极了经济学家
说的那种曲线
颠簸是我没有
也不能说出的
那不胜负荷的视力
间或停转的思绪
牢牢将我按住
突围绝非易事

枯枝败叶

你看
那个困境
之前离我很远
现在距我咫尺的
一动不动

逼我交出
天真

我主持西南联大一个下午

红嘴鸥来的时候我喂过它
忘了看你
忘了你们的美丽本属一体
还是相互成全

想必你也了解我的愤怒
阳光从来只肯照到脚面
台阶在近处
偏偏不可攀

这些痛楚几乎成真
几乎被淹没
我没有说给任何人听
也不会重复给自己听

浮生电影

墓碑竖起
悲伤没有什么好比较
语言继续倒下
身体继续倒下

世界是直角的
矛与盾有时
不在一个平面
不在一个空间
就像昨日与明日
始终被今天从中作梗
必须承认
我们通常
想得很美
也应庆幸
真相高过事实
往往那么独立

不是南方

暴雨前的气味很像情欲
河谷憋得满脸通红
分不清出于兴奋
还是害怕

浮木不时经过
形同转瞬即逝的青春痘
好景不长
往往连印迹都没有留下

我们站在各自的影子里
望着正在发生的一切

妄想做时代的显示器
却莫名充当了它的测谎仪

钱局街

阴凉来得和炎热一般快
善变就像瘟疫
在大地横行
妇女生起炉火
男人披上夹克衫
无论驱赶还是防备
主动从来都是不可或缺的本能
梨园行的老者
攻陷公园一隅
唱念做打
已不敌当年
市民循声而绕
一圈再一圈
没有什么消减得了痴迷
旋转，哦
尚有池鱼理解我们
怎么可能单单是重复
洗心革面的离心运动
随时发生
随时检验万物自救的惯性

午言

本名许仁浩,1990年生于湖北恩施,土家族。2017《中国诗歌》"新发现"夏令营学员,入选第七届"十月诗会"。作品散见于《诗刊》、《星星》、《中国诗歌》等。获樱花诗赛奖、珞珈诗派校园诗人奖等奖项。

午言的诗

新开湖畔

天凉了,活动有些受限,
我随道路踱步,顺从它;抵制它。
前边冒出无数鳞片,规律又重叠,
整尾湖都在被四周捕获。

灰雀的影子加到落叶上,
清冷就有了重量。斜生的鸽子树,
未有巢穴加持,枝丫空空。镜中,
几个故人带来一群孩子。

倚栏拍照的,除了情侣,
还有无数阵北风。它们揪起国槐,
并撒下超大号黄金稻谷。

就要迎来,严酷的冬天。
眼前的褶皱之水步入安定,放平,
它比夜更熟谙:雪的照临。

先锋书店

I

循道而来,满城的灰色
为我们递上纯净水,递上低潮,
递上一方久负盛名的地下停车场。
那里堆积雪意、冷霜,以及
无色透明的纯净水。初春,
孜孜不倦的蚂蚁和我并排行动,
我不断地超过一些,又在
前方碰到它们的同类。这个傍晚
平静、简洁,南京城没有
为任何宾客多点一只灯。

II

在前门,你需要用手拨开
那些屏障,并以放低的步子
踏入清水之境:复活的名字
一摞摞,复活的书从四面八方走向
我——它们像头顶的十字架,
洒着光,撒着细碎的盐。
还有什么过多的期盼呢?置身于
理想的构思中,所有事物
都将冷凝。唯有夜色催促归程,
噬书者才勉强抽身而出。

III

买下一本《荒原》，与
变为阴影的前辈对话。一个声音
在远处，另一个正在上坡，
他缓慢地读着水，那隐隐闪烁的实在。
从旁经过的人，比来路的蚂蚁
速度更快，时间也在加深，
但南京城的月亮会等我们。风向
换了几次，不知那两个声音
能否碰头；接力的指缝微微呈示：
他们是间歇火光中的两个人物。

南三区讣告栏前站着一个老人

在树冠投掷的碎影下，一个老人
弓着腰，吃力地将头向上举，
他的老花镜的玻璃球面，
正在默哀某位老友的名字，
他已经很久没见到这个名字了。

现在是四月，银杏张开鸭脚，
风时不时地送来含笑。
不用再抬头了，他知道，
这个时节的香樟，每一条树杪
都有序地布满老中青三代。
那些碧绿是当打之年的孩子，

刚长出来的新绿是孙辈，
正在一个劲儿地窜头，
那些变红了的则是他们自己。
只不过，指代朋友的那片
昨晚已经落地，它正安详地躺着，
就在花坛的边缘，离自己
那么近、如此的近。

他没有像当初送走父母时
淌出热泪，正如他明白
"人最畏惧的是接触不熟悉的事物"①。
他也是一枚即将飘零的残片，
过去所拥有的热情、智慧和外形，
都将一一传递，送往树梢。
他能看到，也能感到，
那些碧绿的茎干充满水分、汁液，
那些新绿则被分裂撑开了些。
其实，他还记得年轻时，
自己也曾在木板床上飞过、跳过，
梦中的身体轻盈、自由，
从未想象这被约束的一辈子。
谨慎地活下来了，这个
上世纪三十年代出生的人，
所有的陌生之海都不能再支配他。
又一阵风送来含笑的味道，

---

① 引自埃利亚斯·卡内提《群众和权力》。

最后，一访友人吧。

缓缓转身，这个老人拄着手杖，
思考和回忆让他坚定了些。
他没有像电影的场景那般回头，
并将目力再一次聚焦在那片
安详的红叶。

某夜和上河、姜巫在东湖绿道散步

远水一波波铺来，天际的云
拒绝平庸的引力。
我们也想飞升：囚室作为一个名词
足以令不合时宜的思考
沉默。

这里的暮色也曾照耀先辈，
现在，它浸染我们。
东湖沉下来，
为我们递上诗艺的刻刀：
那柄通透的白月亮，
在闪光。

端坐湖的一侧，
隔岸观火，那边的建筑
懦弱又挺直（它们
不是我们的客观对应物）。

这怀抱晚风的此刻,
多一个词就多一份欣喜。

很多诗都需要缝合,
某些线头连结的远古战鼓,
轻易就催出了
杀戮之心。

就是那些针眼,
虽然危险,却敞亮,
留下了弥足珍贵的几个
洞穴。

我们在深夜撤回,
地面复制出参差的影子,
它们不断冒犯
陈年老树,但没有人
为风声作任何停顿。

单行道不如湖面
那般宽阔,今夜的群光,
分泌出鳞爪。我们
各自握攥体内的野兽,
总有一天,它们
会被沸腾着,放出去。

室内诗

"电钻,你以为早八点就没有人安睡了?"

辣从舌苔传上来,神经一紧
眼睛就睁开。梦见吃
本身是个好兆头,食堂有餐盘
但盛不住食欲
即将盗取色香味空间
却惨失回报。首当其冲的是埋怨
愤怒哪儿去了?
窗外,多么适合休憩的能见度
而剧中人的命运,可以想见
置身其里,墙壁与钻头的对话
骇人听闻。我们是整栋大楼的收藏
一切逃离都堪称荒谬,室内
也有许多抽屉,这冥冥之中的云
早就做好了遮蔽:都看不见。
扩音器整天庆祝,整天
将泛白的菜谱打上光,送出去
江山联动街景,迷人
但我们仍是收藏品,被归拾
被引领;不远的摩天处
悬挂着耀眼的俯视。再远些,
是自成一体的麻雀山……

母　亲

在清晨的国权路，
沥青道将层云的影子沙沙拓下，
一辆出租突然在我身旁停住，制造出风。

车门开了三次，又闭合。
那个三十来岁的女人一手怀抱孩子，
打算用另一只手再次尝试。
眼前之物笨重，常年使用的铰链过于光滑，
她没法将车门推至顶端，并定住。
人行道两边站满学生，她几乎有点儿窘迫。
隔着车窗，她左臂的婴儿仍在熟睡，
母亲的臂膀，不知为他阻隔了多少的千山万水。
孩子睫毛很长，脸蛋圆润，
看上去健康、安稳，如镜中的瓷器。
那个女人，一定把时间的余裕尽数铺开，
然后紧贴到宝贝的每一处身体。
她的家里，也许还有另一个孩子，
在眺望——

那份焦急闪现到我。
十多年前，母亲把我单独留下，出门赶集，
我知道，她回转的速度比平时快一倍。
今天，在这座陌生的城市里，
我开始复习年轻时的母亲……

如今，已经五十六岁的老母亲，
她的眼神我无法追寻；也已无迹可寻。
多少年了，我习惯背着包、一扭头，
就消失在门前的大树后。多少年了，
我没有再等过母亲，也没再留意过她的眼神。
但她从未觉得时间付诸东流，
她总是说，她是天底下最幸运的母亲。
她不在乎我的功名，或者说，
她能在乎的，仅仅是我睡熟后的安稳。

我伸出手，帮眼前的女人拉开车门，
她连续说了三声感谢，然后下车；
她的眼睛从未离开孩子。今天是
母亲节，远隔万里的、我的老母亲，
是否正等着长途电话？或者，
一个健康且安稳的回望。

秋日（其一）

妈妈，秋天流着血离去，雪已经灼痛我
　　　　　　　　　　——保罗·策兰

当候鸟将目光落在
南方的白沙洲上，秋日
便从水边率先抵达。
昼夜步入平分，路人不再
隐身风中。

多肉植物被搬上窗台
博物馆：开始理土、修根、
控水，温差正好；
气层之下呈现太阳的展览。
它们很快收获梅雨后的
新生，形态复萌，
色彩照亮宿舍。前来
过冬的雨燕驻足松枝，
翘首打探这排妥当的食物。
我即刻用竹签环绕花盆，
携恨的过客只能火速
渡江——

日光造就植物学奇迹，
秋来，秋去，
"致命的仍是突围"[①]。
节气一到，我的展馆
就被涂成多汁的美餐；
它要走，我就听见
落雪：一阵叶片
枯萎前的
冷颤……

---

① 出自《卡夫卡致菲丽丝》。

冬日即景

图书馆旁边的空地上，遍野哀鸿
它们是昨天晚上第一次涉足大地的新生儿
但同时也使命般地完成了某个轮回
它们中的大多数是缓缓飘下来的
并通过叶脉的撑持落下一阵风
树下的花猫借由瞳孔告诉枝条：时间
在最大的尺度上只有明与暗
南方一夜入冬的组合从未松动
但极少有人关心蛛网的破败，水蜻蜓的销声
以及泉水的流速和粗细。有些海棠花
总以为春天过早地来了，它们猛地
掀开太阳编织的假象，但那里并没有被子
所以一切今天的花瓣都噤若寒蝉
一切混凝土都返回石头

李昀璐

1995年生，云南楚雄人。毕业于山东师范大学地理与环境学院。2017《中国诗歌》"新发现"夏令营学员。诗作散见于《人民文学》、《诗刊》、《边疆文学》等。

李昀璐的诗

梦镜台

从第一眼开始
落日从楼头坠下
变成朱砂痣

镜中生出春水,桃花夹岸
山中秋起,岁寒风声中
一切终于
北京时间七点四十九分的日出

我挂念那棵亲手种的月季
它的红色花瓣,始终
拥抱着另一瓣
我不开花,在你身边
一生都在凋谢

白发落在镜台,生成明亮的细纹
镜中唤出的月色、明灭的水花
未燃尽的红烛,打马而过的少年

统统要还回去了
故事从头说起，相遇
到梦镜台被打碎

"我在梦里，与你过完了一生"

安全线

安全线内，地铁呼啸而过
排山的气浪，像要
不顾一切地跟你走

我是你随手扔掉的星球
重归于黑暗墓穴
转动的轨迹
生出的渺小宇宙
在以同样方式衰老

我们最后仅剩的
无穷无尽的远
一场在劫难逃的风暴
渴死的沙粒抛尸荒野
破伞遍地
各自湿透衣衫
水只有一滴
我只剩一缕

秋分记

平分秋色,像你一样凉的给你
平分昼夜,颜色接近你眼眸的给你
平分南北,目光不可及之地给你
平分爱情——
我们共饮同一杯酒,说同一件事
沉溺于舌尖上浅显的欢喜
在不同的街区
耗尽所有的陈腔滥调
平分争吵、背叛和抽离
深情地凝视、拥抱
又精确地区分彼此

你拥有的始终比我多一些
于是告别的时候
塞给了我两倍的孤独

小雪三候

节气有信
而天气常失约
阵雨长存预报中
无期而至,至又太迟

饮尽桃李春风中的那杯酒
转身没入江湖夜雨
在路上，等待被遗忘
从姓名开始，到模样
日渐单薄，初见时那样

相互对视中
眼见自己一生中的第一场雪
慢慢生发
无声无息，无边无际

黄鹤楼记

大江东去，它孑然一人
送别千帆的时代已经远去
金黄色的檐角分割高楼线条
紧挨着
酒楼、便利店和火车铁轨
城市疾驰，时代在身侧
奔流的速度超过了江水

怀想前生
一个个醉倒在它身侧的故人
最终都飞不过江心洲
推杯换盏后
敛翅立于楼前
化作铜像

烟花落下的地方
一个朝代安然入眠
蛰伏城中的诗行
化解所有雾霾、流感和背叛
我们曾陷落疮口
为了被深情拯救

山水画

他笔锋中的山水，一年年地
消磨四季

飞鸟停在
山涧中的雪，很多年，仍未遇到
合适的时机消融

春水，破碎的波纹
来自一江风，拥抱力度的加深

放开手中的风筝线
沉迷于虚构的月亮

真正的月光，在曾与他照面之际
一夜老去
洁白的尸体，落满山涧

童　年

爷爷是门前的那棵银杏树
到秋天便落发
不断地，把白果给她

姐姐身带月桂香
在中秋之夜教她辨认星辰变换
荧惑守心，有人要归去

第一次爱的人，带来了
浩荡松涛的气息，梦中
白鹿奔驰而过
鹿角开满了风铃花

她一生在诸神的陪伴中
并没有长大

清　照

温柔，在旷野生根如野草
覆盖干涸的泉眼
生命换一种方式流淌
在朝代中穿行
明湖始终年轻

皇帝偏安一隅，世间
剩了一方窄窄的屋檐
屋檐下一汪亮堂堂的泉水

小姐的镜子被打碎

相拥必伤

气温到 37 摄氏度的时候
外界与人体，温度
无限接近

被自己的体温包裹
仿佛自己，被自己拥抱
也可假装是别人

渴望被爱
也渴望间隙，渴望风
穿堂而过

像秘密与黑夜坦白
像药和伤口谈恋爱

隔夜茶

手中剩半杯隔夜茶

鲜活的时候，水是狂热
壶盖压不住蒸汽
羞怯如茶，一边疼，一边打开自己
时间恰好，滚烫的第一尖
清香扑面

未饮尽，茶已冷
经不起降温，苦涩余味
再难启齿
随手泼尽，一夜残渣

他冷过隔夜茶
他转送别人花

空　谈

我们打字越来越快
超过了手写，超过了迟疑
超过了爱一个人的速度

玫瑰花，要多少有多少
没有刺，不凋谢
开两分钟
不要，就撤回

对话框写满字，发送

再写,你来我往
打情骂俏,热热闹闹
——直到厌倦
虚拟数据外
一个人空荡的黄昏

于是各自退回通讯录
一层层
写满名字的墓碑里

红拂夜奔

决定要逃,就从唐朝逃出来
出长安驿
买一张北上的动车票

逃过礼教,逃过横的边际,纵的千里
逃过刀锋上高低不平的命
从一场乱世,赴另一个人的乱世

要验证一个秘密,或者
本身,就活在秘密里

夜,与心事一样
始终止步于黎明的隔壁
静候在命运的站台,幽暗生长

等待被接走，一路动荡的风尘
和局促不安的余生

从此以后一起记挂
最晚的灯光，最早的花市

临别殷勤重寄词

星斗指向西南方，离别向
无限拉长。直至接近
胡焕庸线①的两端
故乡那一段，曾空缺了四年的
春秋，家在冬夏

从后，济南的四季
我都没有了，连同济南西
再往北的
德州东站，天津南站，北京南站

多害怕心碎
在不得不
最后去拥抱你的时候

心碎多好啊

---

① 胡焕庸线为中国地理学家胡焕庸在1935年提出的人口地理分界线，即："瑷珲—腾冲一线"，自东北到西南，纵贯中国。

这样你可以留一片
我不用全都带回云南去

礼　物

崭新的礼物，无一例外地
都会以伤刻上我的名字
——所有的得到，都会被用旧

我摔断的　我磨损的
我碰撞的　我划伤的
我丢弃的　我遗失的
才是属于我的

我和时间一样，是它们的敌人
热衷于消耗所有的新
沉溺于一次次
攻城略地的胜利，荒唐之后的
白发春生，纵情之时的
瞬间衰老，沉溺于
每一寸都写满我名字的旧

——所有的用旧，都是在相守

我拥有无数礼物
失去一个又一个故旧

郑毅

1991年生于山东德州,现居拉萨。作品散见于《人民文学》、《诗刊》等。著有诗集《重返那温柔的痛》。

郑毅的诗

九月末的藏式火锅

九月末的藏式火锅
我们煮了平菇,土豆粉条,牛肉
还有隔夜的拉萨啤酒
对面是兄弟,一个胖子一个瘦
在繁华的圣城我拥有的不多

旁边是次拉
她脸上的红我见过
在凌晨两点的布达拉宫街头
在达孜东郊的流水声里
在恍若无人的灌木丛深处
这些羞涩
都是未成熟的青稞

月色笼罩心头
今夜我们在人间的富裕处暴露贫穷
今夜我们在神灵示现的街头起舞
今夜,我们在江苏路的红墙下借酒发疯

眼前车流涌动
远处是布达拉宫冰冷的影子
里面的佛已得解脱
我们依然拥有无尽的烦恼和欢愉
我们在尘世遭到命运的打磨
也在梦里反复被灯光遗弃

在金马四号

通往金马四号的路很隐蔽
我随一群满身酒气的兄弟
在噶玛贡桑东段破旧的门乘虚而入

金马四号常在半夜开场
与远处大大小小的寺庙背离
这里听不到哲蚌寺的暮钟
听不到色拉寺的高声辩经
听不到甘丹寺嗡嗡的咕咧啥梭哈
这里有各种品牌的啤酒
它们是所有人的亲人
这里有精彩的藏戏和锅庄
台下的人们都为它无休止地欢畅
青年老者男人女人磨肩擦踵
干杯的声音依然压不过头顶的音响

一切繁华猛然间现于眼前
古道不再有寥寥数马

高原不再冰雪无常
氧气也变得充足
人世间的苦厄在漂亮阿佳扭动的身姿前
瞬间遁形

大昭寺前的白塔静静地坐拥圣城
我在金马四号的藏榻上拼命地吸入人间的烟火
这里的大厅很高
我望不到星空
这里的大厅很大
大得能容下肮脏的我

我们的身体都是空的
——给 MKCL

拉萨河的河水涨到我们的岸边
我们坐在河心
接受这日夜的冲刷

我们的身体都是空的
能容下坍塌的碎石
能容下云团里落下来的结晶体
能容下菩萨面部的僵硬

我们的身体都是空的
风从她的耳边吹过
我的舌头闯入她的果园

对岸的神山和夜色在我们的腹部
酝酿着雷鸣和闪电

背后是布达拉宫
住着慈悲的王
红山上的灯光一灭
我会将她重新搂入怀里

草堂即事

对于读过的所有的书
我只字不谈
对于听到的所有的故事
我只字不谈
对于经历的所有的冒险
我只字不谈

我只谈心间的山川与河流
耳边的明月与清风

甚至，连这些都不谈
我怕多说了一个字
这个世界会令我更加贪恋

我们的贱命
——给王冬

兄弟，离开温聪河后
海拔开始升高
走的时候村子外面风大
期待麦苗一夜返青

兄弟，不用担心

今夜，十个月亮陪着我往西
一个是齐河，一个是德州，一个是济南
其他的在远方列队迎接

兄弟，不用担心
离开黄河也不会感到孤独
我带上了整个故乡
你看不出一草一木

兄弟，不用担心
今天黄道吉日，宜动土宜出行
高原没有雾霾
遮住的第三只眼将要为众生睁开

兄弟，今夜我将穿越太行山

过一条条的隧道时我会想起你
你说我们都是贱命
我接受并与你在梦里干杯
人间的烟火喂养不了我们
贱命得靠高贵活着

兄弟,明天黄昏将至的时候
我能看见青海湖
倒悬的浩瀚让我畏惧自然
海子到过的德令哈也会出现
同样的贱命之人会拿出诗歌
撞开天堂的大门

兄弟,我翻越唐古拉的时候
你已入梦良久
如果看到雪,我会叫醒你
让你乘梦而来
与我一起匍匐去拉萨
朝拜我们自己的贱命

桑昂寺的黄昏

南面的大山险峻无人
北面的长河水光回溯
寺里的法鼓一本正经地审问这些
触碰到地狱的众生

有人进到大殿布施
有人立在喇嘛的身后诵经
有人匍匐在灯光的暗里
把头扎进合十的双掌

我在地上静坐
小心翼翼地呼吸
相信端坐在莲花上的菩萨
终会向人间倾斜

走　前

走前我要去家南曾经的菜园
去爹承包的七分地
去邻水邻风的坟看看爷爷
走前要在爷爷的坟头添几捧新土
让它不再简陋
让他有更多的机会重获新生

走前我用密封袋装了半袋土
冲在杯子里面慢慢喝掉
渴望故乡在心底一块一块长出来
我自私得把故乡带到火车上
不让她孤老

走前奶奶到车前送我
她把我嘱咐她的那些话儿

一字一字又塞给我
她有眼疾
为了安心送走我,推迟了手术

走前我跟每个人拥抱
哭泣,诉别
然后使劲儿地拥抱自己

他的肋骨有毒
——献给四哥

四哥赶在春节前回内地了
——店子里的女店员嫌弃他
洗衣厂的卓玛欺骗了他
过街的老狗也时不时冲他吼

他终于回到他的故乡
——中国版图居中偏右的安徽
安徽北部深处的一个村子
村子角落的一户农家
旧院偏房的一张破床

还是故乡的鸡鸭猫狗包容了他
以及他的六根手指

我终于敢说了
四哥有六根手指!

多出来的一根
他打过自己的女人
也试图触碰其他的女人
自从云南的妇人离他而去
他就一直嫉恨这第六根手指
于是他想尽办法折磨它：
用它来打美式咖啡
用它来画抽象的蓝
用它来端过量的酒
这些都是难事，他用它们来喂养
自己的苦难

苦难愈重
终于，夜夜对视的梅朵没能拯救他
洁白的哈达没能拯救他
佛陀和一众弟子没能拯救他
醉后的他苦于思考自己的人生
眼神霉变，肠胃涨满酸
肋下生出曼妙的魔女
终于，他仿佛见到了天堂
仅仅是二楼到一楼的过程
他活了四十年

院子里的曼陀罗干枯无形
遍地的碎叶替四哥守着松赞干布的江山
他的肋骨有毒
人间的酒精不能解
只能在梦里靠女人和时光痊愈

重返那温柔的痛
——给 MKCL

1

夜幕迟临,高原底色氤氲
远处的布达拉宫依旧亮着
里面有神的影子
多情的众生不能直达红宫
人间的台阶必将把我累倒

2

迎亲桥的风依旧大
足以让我抚摸眼前的整座城池
被灯光遗弃在风的高处
求风更大

3

在达孜东郊涨满水的桥下
我丢过一块青色的石头
等再找到它的时候
我已满头白发

4

拉萨河的两岸飘满经幡
月光洒满宽阔的河面
我对经幡说过的所有的话

此刻都拼命地冒出来敲打我的前额
经幡上的度母笑了

5

宝瓶山是最好的隐蔽之所
海拔五千的垭口人到不了
牦牛到不了
鹰也到不了
只有乌云慈悲
为我遮住断裂的悬崖

九月九的日喀则

田埂上的女孩在三十平米的大地
变换摆拍的角度
喃喃的青稞无语
细细的柳条无语
远处静止的牦牛无语

温柔的晚风轻轻吹亮了万家灯火
街头昏黄
我在玛尼石堆边站着
像是等待着落雪的喇嘛

鱼安

　　本名彭媛，1996年生于湖南湘西，土家族。就读于江西井冈山大学。2017《中国诗歌》"新发现"夏令营学员。作品散见于《星星》、《中国诗歌》等。参加第九届《星星》大学生诗歌夏令营。

鱼安的诗

我感受这样的风

我感受这样的风,在纵向中
企图在我之前
探测辽阔的密度

河床,偶尔发出欢愉的声响
但更多
是稀疏、零落的枯萎,及恒齿的松动
为与秋日配

为与秋日配
大地落满了灰,我们不再散步
蚂蚁爬上脚踝
面颊、手腕,老年斑
在见风就起的
河的暗纹里
躺卧

身有旧疾

我们疲于吟游,我们歇息
在灰尘里,纸化的灰尘里
月亮比往日朦胧。

我几乎
快要睡着

它们狠狠咬我!

我写过
清醒的月光,锋利似
孤鸟掠水的哨声,精致地
在寂静中虚构人的自我
救赎

它卑微、薄瘦,一吹即化

从月亮上流下一层蜜,轻透、暧昧
黏湿的山风,用力纺住我的轴——
一根嶙峋的呼吸道。缠绕
像蛇

南方的夜晚盛产无性的色情。
在河床上,我应当
散开发绳,解开纽扣,任寂静落满
临终的浪漫

是
我躺下，我在那喝过酒，爱过人，得过病
在同一天得到、失去
枯萎的大雪

自我决裂的人孤立、片面躺着
等待潮湿的月光消融，那颗
深卡咽喉，势利、发炎的琥珀

我的影子，赤裸在雪地，跪着
捧手：
向烟雾朦胧的远树、暖沙
要一朵融开的白茶花

它卑微、薄瘦，一吹即化

绝　望

你为什么绝望？或许，是先从
失望开始
你曾一度认为的美好世界，那些
分花拂柳赤脚走过的小镇
甚至你几近迷信
的晚年，如今纷纷变异

天空
被染得毫无纯情，蚂蚁
戴着口罩逃离人间。更多的日子

则被药物围堵
更多的人则死于春天的第一颗春雷

他看中我的荒原

他看中我的荒原,草垛矮小、稀零
光会延长、折返
如此反复
拉扯夜的韧带

疼吧,孤鹰哭叫出声
他已倒在夜里
他的枕上落满
旧草锈

他占用我的荒原
我快活不起来
他做着我的梦
我着急到想甩开我的命
去喊他

他死了
我摸摸口袋
空的,没有仙药、教义、酒和爱情
救他。他死了
我快活不起来
我放弃荒原

只拿回
被他夺走的寂静
和他落下的命

两旁，虚的黑
诱引千万朵花苞
用瘦小身骨
滋补空

苦和难
拢紧寂静，极端、隐蔽、不可救赎
关于夜晚这所灵堂
月亮没了，不必明说

没有哪只手能接住死去的花朵

没有哪只手能接住死去的花朵，陈旧的枝叶
偶尔会有飞虫停留，它们会在装满灰调的夜晚歌唱
所有哀怨都有待出现，先不谈如何
切入悲观的骨头
我想先找到那只唯一目睹过孤独
颤抖后失踪的甲虫，这除我外仅有的活物

后怕中，我不想再看到：
蛛丝拉做的琴弦，在月光下异常锋利。
它使枯叶坠地，它使声乐不被断指弹出，它用理性
化解这张翅膀生来的幻想

我会心疼那些长满翅膀却飞不走的花枝的凋萎
我会为了那些困死现实的理想而嚎啕大哭，在饱满的小石子
　　路上

薄脆的夜被哭声碰碎，隐藏的哀怨都在此时醒目
在被高歌的哀乐里
我看见那只甲虫出现在旋律的波形中，被孤独堆放在土丘里。

疾风中，我几乎听不见自己的声音
树叶和野草的哭喊比我更凄厉

没有哪只手能接住死去的花朵，现在，我们来谈谈悲观吧

槐花病

是的，顺着这条铺满槐花的小径
走到晚年，你就能看见我
把盛满药渣和雨水的碗
捧手心里，放凉
艾草很苦，冬青树依旧很青，这些要素
正闯入我的病痛，让我误以为
它们也需急诊，也需吃下那些
精致的，铺满山路的
白色药丸

倒掉吧，使人晕眩的光斑，碗底长出
被异化的霉菌

我高举着,并朝着
风吹草动的方向,和咳嗽一起
倒掉

快落完了,老槐树合枝祷告
朝着上帝,在晚年,在某个夜晚
我染上他的宗教
在黑暗里,我看不到,我需伏地——
"掉吧、掉吧",古旧的音符

在槐花的传教声中,我苦寻一法
能取出这枚深卡咽喉的弯月

而我总忧伤着野菊

而我总忧伤着野菊
这使我不得安生
却与我极为相似之物
应季中
它还是那么小,它还是那么瘦
借蜡黄之色闪烁孤独——
在群居之中,在秋风之下

我知道,一朵花
会在凋亡前绽放
在忧伤之中
暗夜过于阴冷

我着衣裳单薄,我点蜡烛守灵

仿佛又回到终南某夜
打坐听禅,每一个咒语
都像在超度千万朵
野菊的苦难

雨水,雨水会洗出污秽下
所犯罪孽
一生的苦涩被蒸发
一生的隐忍
都会在黎明时真相大白

雨水洗刷后,更为清冷的
花苞里的哀乐,会慢慢钻入
过往云烟

我怕它去得太快
我怕它追不回来

扬　尘

我变得不爱和人说话,圈子小了
时间就闲了,所以
我更爱过自己的生活,自闭?自私?
随你怎么说
但我有权保持安静、透明

而沉默，从某一天开始
一个下午，你们说话
我就坐着，看扬尘
满屋子的扬尘
已不需打理
它有自由的权利
颗粒漂浮，去往房梁
去往云层
往高处走

我每一口呼吸，都充满形而上学

探　亲

哪朵花从世界消失了？我不知道
沈明问我要不要捡几片叶子的时候
夹竹桃从窗口一闪而过，它们的速度比叶齿锋利
我插不上话

纸做的杯子把时间装成透明
默默地，把默默交给枯萎的喉咙
再也没能喝出水中味道，一想到密封的木匣子
就有孤鹰凄厉的哭喊自缝隙刺中我的天灵

我摸到铁轨的锁骨，那和我一样，疼至瘦弱
鸣笛声附住草木的娇躯，水流晃动风影
月光晃动着千万朵苦菊

旷野晃动着我,我晃动的情绪
在木山村口停下

沈明不知道,那些为我续命的叶子飘落在
生养我的大山,连唯一期待的睡前故事
都说到了节哀

我睡深了,我听不见
我抱紧骨灰盒

鼓　山

而你无法反驳的,除了月色,还有
来自鼓山的怀疑,飞刀笃定的
射入你即将发音的喉咙,甚至
射穿你的骨头,你的绝望深于此时
荒野的黑暗

再无可信之物,失去草木
道法自然的温软,兼容的诗句
你开始怀疑生活的本意,是不能参透的
哲学的悲观,在你眼前大展
像你不被约束的自由,被抓住
细节的末梢

从鼓山的月色下抖落,你还幻想
能落在熟悉的草棵上

那是用水泥伪装的故人的手掌
而你毫无防备的
四分五裂,你透明的翅膀和想象的月光
摔得四分五裂

你以为它会一如既往地接纳你
使你丧生于此,还有
此前,你已身负重伤,无法随风而逝
你甚至融入不了此间尘埃

纯粹而透明的碎片里,有萤火飞出
坚韧而固执
它们看清你的本质,但仍想折断
它们仍蛰伏在八月的草丛准备下手

那时,你仍在月光膨胀的人间,独自
忍受蝉鸣的批判,那时,你顺着
雨声点亮的骨头的幽冷
看见鼓山寺庙里的自负和
仁慈不知底细的佛,常年合掌的
请的动作
你左脚悬空
而在你面前,除了一空再空的楼层
还有舆论的黑暗

你知道,最后的光明即将葬身于此
你知道,在雨水大哭的哀痛里
你要笑着做出,献身的姿势

黑多

本名程潇，1995年生，安徽黟县人。逐日诗社第八任社长。2017《中国诗歌》"新发现"夏令营学员。作品散见于《星星》、《中国诗歌》、《诗歌月刊》、《延河》、《青春》、《山东文学》等。有作品入选《中国首部90后诗选》、《十诗人诗选2015卷》、《2016年山东诗歌年鉴》等选本。著有诗集《枯树的时针》。

黑多的诗

秋　千

坐在秋千上的小女孩，水灵灵的
她的妈妈把她荡得很高
高得，与对面合欢树顶开的红花
似乎只差一指的距离
妈妈呀，最初你把她荡出肚皮
荡出肉体
现在又将她荡出尘世
荡出躁动的夏季

多年前，我也是这样一个小孩
现在，我的身体里住着这样
一个母亲

石　头

多少次，陪母亲去河边散步
我看到河水中反光的石头——

它们，同鱼儿一样长满了美丽的鳞片
它们终身依恋着河床

城市的黄昏

从渐渐下沉的灌木丛中攫取着什么
生活不见得就会回报什么
因着机缘的坠落，晚开的梧桐花
在草坪各处播种自己
老妇从垃圾桶中掏出酒瓶、纸盒、食物
掏出干瘪的玫瑰与乳房
月台上，香烟依旧弥漫，跛脚的僧侣
一袭黄衣站成移动的庙宇
公交车里互相依偎的青年男女
抱怨着近日城市闷热的天气
此时，欹斜的云朵加快着追赶
此时，僧在敲月下门，花听不到
我们也听不到。

火

在你身体里有无限弯曲的空间，
有那么多门没有一扇轻言打开。
会有某个夜晚，当我们看到地
平线附近徘徊的光亮，已成为
唯美的意象，而那时，你从口

袋里掏出利斧与盾牌,不拓土
开疆却只斩自身的荆棘。
年轻的灵魂,孤身一人决绝地
穿越荒凉?从地窖里漫延出的火苗,
作为衡量距离的一种方式,已抵达
黎明的关口,我耳边的叫喊在传诵
寂寞的真理。直视火焰燃烧,
也是一个过程,星光巨大的筛子下
朴素的蝴蝶探出半个身子,
诉说着微小的可能性。

小园赋

他坐着
坐在他素朴的小园中
一言不发
他面朝树木的阴影。

树木,早已落完了枯叶
树枝被旧日细不可见的蛛丝裹缠
麻雀儿从远处飞来,像另一枚落叶
扑腾躲闪着人们的目光。

在小园里,它没有被蛛网缠绕
时而成为树叶,时而成为自己
它一生都是灰褐色的,并喜用小喙探探枝头的薄霜
用脚趾踩踩夜晚的月光……

那些都是秘密的、不露声色的
却早已将树木柔软的心儿摇得
震颤。

音乐会

恍惚间的错觉，如酒神手持的银杯
那般倾倒。小提琴蹦出乐符
沿着一些曲线，优美、自由的滑动
悲怆、热情、狂欢从剧场
高大的穹顶而下，在找寻
并消解内心的鼓点
是不是该到了，这为自己辩白的时刻
我向来不奢望，这激越的风
伸出千万只手臂
雕琢我，然后带着欢愉的
难以抗拒的
极速的流沙

大雨之夜

向雨中的街道投掷背影，在大雨之夜
向建筑物的边缘，一颗恒久明亮的心搜索宇宙的赋形
在大雨之夜，我的灵魂将要抵近
一只孤鸟，它早已被冷淡的飞雨长久地洗刷
带着光洁的羽毛，在对岸暗淡的路灯下竖立

它没有被分派角色，不为获得
一个俯身的姿态而发出时有时无的低鸣
那一切，只可能如秋风增加雨的戏剧
当你稍不留神，转过身去，它将快速地伸出脚趾和紫喙
并将瘦弱的双翅悄悄举离并不丰腴的身体

比起它，我们是否拥有诸多不幸——
水汽中，于灯影之外去另寻一种破碎感
面对上苍，有时我们张口，却又只字不谈
想起故乡，更多小声说话的人
蹲在低矮的田埂上，守着他们手心的夜晚

大雨之夜，水让世界变得
那样近又那样远
我们借用鸟儿来判断自己的生活
于是我们停止讨论，向前行进
去触摸一堵轮廓模糊的墙
让无数柄绽开的花伞
窥见一场雨的出生

入冬以后

入冬以后，我所知道的总比
我所不知道的要少
那夜，等待许久
为给被欲望涨破的人间缝补伤口

第一片雪花才沉落
垂首的鸟巢,隔着薄雾
像某种悲伤终于结痂坐果
又是一个冬天
它的短暂同漫长一样不可预知
美好的事物与残缺的事物一样
转瞬即逝
而我所知道的,也不过是——
在新的遗址上
对着自己歌唱
体内的光正越来越暗
阳光正越来越少

树叶未落的反面和湿冷的墙角
彼此依伴,走向春天

窄　门

叹息,服下透明的毒药
我巨大的灰色的悲哀
我注意到她衰落的红颜
在过往的岁月中

总有歌声,一路飘来
这使我们感到不安
没有人能逃脱得了宿命
欢乐又何其渺茫

肉体已然空洞
孤独者的灵魂在房屋中飘荡
虽然曾被封闭，也曾被忘记
但通过窄门，明天又将
燃起生命的焰火

留意一种力量

留意一种力量
比如：一日三餐，盛在碗里
被你用双手捧住的食物
它们深处暗涌多余的盐花
一种秘密的武器
它们吸引你也将你麻醉

比如：你一会儿低头看水
一会儿抬头看云，风过了，雨过了
河边杨柳依依，树影摇曳
回首，寂静无声
莺飞草长

比如：在清晨、深夜
你偶尔端坐在镜子面前
窗户洞开，空气中弥漫
幽灵的味道，你内心空空的通道
不受控制地崩塌又重建

蝴蝶侧身从中飞过，裂隙越来越大

忏悔之诗

这么多年了，从我拿起笔开始
写这失败的诗。世间很多事物
我都选择，不去爱
但又有很多事物，只要我一旦爱上了
便会像那河岸边的野花野草一样，盛开、疯长
直至不可收拾，几近迷狂
而那迷狂深处的寂静、骄傲与赴死
又反过来加重我的失败

有时候，罪深的人啊，也不必忏悔
有时候，过多的言语不如沉默
言语、沉默？在加重我的失败
莫名的失败。明灭间，一颗璀璨的微星——
升向远天，将稀薄之光归还
光明的泉源，那无际的黑暗
它满身伤痕，它硕果累累
它，依旧充满失败，永恒的失败

在寺庙遗址之上所想

神台上早已经没有了神像
香客仍旧在神台前叩首跪拜

一切极其简单而又那般庄严
目睹这样的仪式
我开始在心里擎起一炷心香
去敬入泥的寺庙与含笑的菩萨
敬不属于头顶的天空
敬那山川之外的山川与大地
敬,用心香敬无需酒,沿着庙基
只用目送、用手抚摸多年的条石
一个与世俗搏斗的人羞于启齿
只得把自己放得再低一些
然后听高过蒲团低过神台的
啾啾鸟声

由佛寺里的猫开始,寻找一个词

为赋形一只猫,我寻找着一个词
——一个静止的词,一个诡谲的词
一个充满间隙的词
一个早已消逝了,死去了的词
我寻找着这样一个词,其实
就是试图从某处,再生一个词
一个词——

它,跟随菩萨豢养的小猫
将干净透明的胡须贴近我
等俯下身去,轻抚它
像抚摸温润的泥土

我感到惭愧,为触碰一个简单却又
难解的词

寻找一个词,在纸上
宿命的是,比光还快些这个词
注定会迅疾地转过身,去扑倒另一个词
一个可疑的失重的真理
一个不可能被抛弃的无限的待考的
虚空

误　　读

我们看不见它
我们只能看见树枝的抖动
看见水的皱纹
就像一张弓
一旦拉动
直到击响记忆悬搁的风铃
就不再停下
就像起身
走向非常高的窗台
眺望白云之乡
层层的建构
就像黎明的鸟儿苏醒
站在古老的房梁上
与我们打了个照面
然后玫瑰花瓣震落、飞升

化成了它们洁净的羽毛

银杏之诗

现在,世界虽是一任静夜无边,而我的体内
风势依旧浩大,所以,是该启程的时候了
聚拢然后分散,灵魂摆渡,脱窍而出
目送你们离开,我开始怀疑什么值得被怀念
假使,可以获得一种挣脱的力量,旋转翻飞如蝴蝶
请向着天空,大地,山峰,河流
带去我的思想。当你们消失,与白云为伍
平原作伴,无限地扩大,最后遮蔽群峦
你们是不是,也该为我感到一丝幸福,到那时
我一定是选择了,孤身一人,独对寒冬
雪没有声响,铺满山道,往事不可琢磨
像一只灰天鹅,漂浮在渐次明亮的水面上
已没有足够的理由,能令我悲伤了
纵使岁月拿起刻刀,我仍立在
晨雾和夕光中轻轻抖动,你们尽管安心离去
——我的叶子,自由的羽毛,就算某物
很快就会过来接替你们,但我相信会有
欣喜的重逢。还有什么不能舍弃
这无边的静夜,永远是治病的良方
而对于我来说,世间最好的事情
莫过于关闭了自己摇摆不定的灯盏,和明月
一起推开了人类瘦小的窗

严琼丽

曾用笔名一粒沙,1994年3月生于云南师宗。毕业于云南财经大学。云南省作协会员。2017《中国诗歌》"新发现"夏令营学员。作品散见于《诗刊》、《中国诗歌》、《边疆文学》、《滇池》、《飞天》、《曲靖日报》等。有作品入选《每日一诗》(2017年卷)、《当代大学生诗选》等选本。

严琼丽的诗

大 雪

我渴望用一场雪,去覆盖你的整个江湖
只可惜,我始终在你的江湖之外
滇池畔的海鸥和几个月前在天空迂回的鸽子
像极了孪生兄弟
我问朋友:海鸥和鸽子的根本区别是什么?
朋友说,海鸥吃鱼
海鸥会游泳
我记得鸽子在空中迂回时
我把一切都交付于它
我目视远方,目视它飞
那瞳孔里,下了一场千年大雪
这场大雪,海鸥不敢领教
鸽子
也不曾来过

被盗窃的

那天,我翻山越岭,寻找风车的根基
我知道你是遥远的,我难以企及,所以我只能散漫
我只能在空间较大的囹圄里寻找一束自由之光
我想爬到这束光上
我想被倒吊在光束上
我想临近深渊,尝尽危险
我想历尽一切艰难险阻,再轻而易举地告诉你我所经历的一
　　切
牛车来了,这一切尚未被打断
它只是被催眠了
我必须以另一个状态向你告别
我像孩童一般,爬到高处,像佛一样盘膝而坐
天空压得很低,雀鸟像碰见庞大、尚未分裂的猎物一样
欣喜之下掩藏恐惧,它惊叫
我欢喜极了

尘土飞扬

起起落落,它的一生,没有"宿命"
在脚后跟扬起一个村庄
或者身后撒下一座城市,它都能被原谅
静下来,漂浮着
它都太过于细腻,所以它需要粗狂的野马

它可以漂无定所,它比任何事物都轻
所以我看见它的时候
消亡是它的权利
注视着它的消亡是我同落日签下的生死契约

城中雨

一个人的暮年大抵如此
一个人的青春也大抵如此
没有哪座城
能再次唤醒她了
我接到她的时候,她好纯粹地落在我的掌心里
用她凝脆的骨头
摔碎我昨天以前的日子

我掌纹里的水,开花了
她眼中的城市
陷落了
我微微呼出一口气,送她一只竹筏
明年的雨水天气
我也是你的风水宝地

穿墙术

这个夜晚,小雨偏向昆明
汽车碾压的声音穿透墙壁

我从墙壁里移出去
和站口的风拥抱,诉苦
风是立体的
我失去了形状
它零散在我的身体里
它缩紧
我发抖
它向雨里的电动车招手
我身体往前倾
雨还没有停
入睡的树木已嗅到我远远未归的信息
风从衣服的针线缝里抽走
汽车碾压的声音从墙壁里渗出去
我从站口
走进墙壁里侧
躺在床上
闭上眼睛

打吊针

生病也是极好的,只要能治愈
只要我能支付医药费
说我是幼稚也罢,神经也罢

症状一一数给了老医生,他不像我爹一样责骂我
我躺好了,左手握紧
也许,陌生的液体要流经我的肢体

我允许吗?
不,我允许,我已鼻塞到难以呼吸
咽喉肿痛和头晕,右眼婆娑
只有挽救了这躯壳,躯壳之内的事物才得以安宁

悼 念

天花板的白色灯管里
有烧木头的居民
我最后一次和长江握手
是进入暮年之后

居民的锅底会流油
我相信他们会煮一顿真诚的晚宴
为我身后的青春
悼念

对太阳的关怀

对着太阳 160 度的方向放飞一只鸽子
两年后称它为白鸟
不合时宜
不爱农耕的人还是插秧苗、种土豆
不爱吃面条的人还是津津有味地嚼着炸酱面
我环了一圈
用毛线

在头顶，环太阳的周长
却傻傻地忘了
有 π
有又怎样呢
它在我的手掌里
只比一颗乒乓球大一点点
我怎么忍心用科学数据精准地
把它从有质感的关怀中
扯开
抛向天上

复古链子

它断了，青铜色的链子断了
早年以前的日历在往事里翻滚
初次在巷道里见到它时
我上辈子遗落的青丝
终于幻化成这冰凉没有血性的冷物
今年的冬天还差一个秋天
去年的冬天，我带它大雨里缓行

分　合

我捏碎一包薯片
碎在我手里的橘黄色的渣渣是裹着冬衣
前后穿梭的沉默

我不带一点情感的,让成片的犹豫不决和重复累加的躁动
碎裂
油渍趴在我手掌里
咬轮胎,啃电梯
拽单肩包
踢电脑
都是这些碎片最终的流向

行色匆匆

掰开一个石榴,行色匆匆的我钻了进去
不愿出来
酸涩的汁从果粒外
粉黄交加的皮囊表层
流了出来
多么年轻,傲娇的果粒
拉着我往宇宙深处跑
跑
跑
它停了,天黑了
月亮怎么也升不起来
我鼓起勇气往回跑
咔哒咔哒
石榴果粒全炸了
我的衣服,袜子
长满岁月过后的污渍

球场上有个犟姑娘和一只好鸟

飞过来,落在我的肩上
莫管流水流向长江东头
莫管青山老到哀牢山山底
风总是像一杯稠酒
不饮,不饮
醉了,醉了,醉了
别昏,别睡
球场上有一个犟姑娘
和一只好鸟
犟姑娘的深秋没调好发黄的小调
好鸟,你的霜降有几行小字落在犟姑娘的手机屏上

越过教学楼

长裙还在路上,热水就冷了
穿长裙会把风雨
从楼梯上抹白
我一直寻找的真相都散在云的下边
叫我沙爷吧
给我一次爷们的干脆

第九十次坐电梯上顶楼
顶楼下的一切安好如旧

打开窗子
假装和工地上的钉子打个 kiss
我负最深的
不是土地
是一壶绿色的小池
我曾答应它,不撬池边的石子
怎么可能呢,它和我就差一厘米

给碎发一个像样的葬礼

毒舌腐朽了
江河冻住了,中不中风
上下唇,都中风了
如果剪了我的头发
能还给任何一根神经自由
请割下它
我只有一个请求
背对着我,绞碎它
把它拌在风里
给它一场像样的葬礼

和蚊子打架

"嗡嗡,嗡嗡",你说你祖先死在哈利·波特的扫把下
"我还是奥菲利娅的亲戚呢"
"你敢质疑我?我是你一生的缩影!"

蚊子猛地扑了过来
"谁给我一瓶灭害灵,我定要它死无葬身之地"
"你和昨天一样,不但身躯庞大
不爱整理头发
不会化妆
还不会——妥协"
我和昨天一样,昨天有人说滇池的冬天很快就来
我等着海鸥带来我的圣物
我是远方的姑娘,远方的姑娘
昨天的我,黑发里拔了几根白发
鼻子被蜇了一下
一巴掌,我拍死了它
那家伙直愣愣
死了还傲娇……

肚子饿的时候我只想破酥包

眼睛紧闭
不听黑暗之外的声音
假装肚子饿是梦里突现的一个情节

以往这个点
没有揩得干净的旧物体
和抹不掉的人物
都会不按顺序出场

我把所有想到的意外都排除了

白天，空气，颜色，鞋子，影子
和其他本就存在的有形或无形的事物
——赶来
最后一秒
肚子叫了，我丢下冷硬的器物
我只想破酥包

观察一个女人的眼睛

她近距离地靠近我
像被剥了壳的荔枝，我低下头
不礼貌地
"噗嗤"一声
熟悉我的人都知道，我的笑声没有恶意
我强行把我的幻想收服
再一次抬头，她刚好注视着远方
我任由青藤爬上了她单着的眼皮
她眉毛下砖红色的眼皮下
两只眼睛，像被抽去源泉的河流
双双打败了我这个涉世未深的瓜娃子
我在斑马线上回想这个女人的眼睛
我望着远方的时候，什么都没有
她望着远方的时候
我也什么都没有

上河

本名杨帆，1993年生，江苏南通人。武汉大学哲学学院心理学系研究生。

上河的诗

观　画

这声音来自水面
这新鲜的夜晚驾驭你，驾驭你的船

赭黄的白鸟击中水道尽头
此刻，你倚望的窗棂破旧
那扇拱门，时间里镶嵌的宝石
以落日的姿态朝向
幼年。几盆暗淡的秋菊，因雏鹰之姿被弄画者

遗弃，在这片古老而潮湿的暮色里
　　　　　　　　　这一切都不足以越过
海
你迷途的爱人会死去如
郊野播下的寂静
仿佛那干枯又冥想的提琴
仍有鱼鳞云杉的香气

古梅园的雪

落羽杉涉水而无远。在暗香桥
从时间穹顶渗入又坠着的
千万滴,会拍打堤岸
困倦的行人和不眠之鸟

并且在古梅园,赏梅人的雪
还得更大。雪中的天空几乎低到了湖面
如同这画室可触摸的扇形寂静
她潜藏多年的锋利空白,又一次割破
一夜翠柏的围拢

我们在亭中坐下,并谈论起粉壁上
墨水技艺渐渐隐去的黄昏
它同时又是清晨,是夜晚
愁肠百结的虬枝正托起一轮留白
安逸的凌乱,也缀着新雪

美即吸引,一种漩涡的力量映照
湍急的镜头眩光
踏破冰山的三脚铁蹄堆在树下
只有季节的少女,依然沉浸而裸露
她深入雪的古老手臂和胸前涌动的
殷红梅点,辽阔了一座现代博物馆

化　石

我们之间还保有冰冷的骨骼，不可磨灭的部分
沿牙床摸索的红指甲，融入雨后危险的夜晚

与昙花般的碰撞之火，腰肢上欲望的指纹不同
无机物了悟生死，它们不遗传什么，也不去感觉

易朽的一枚吻，多深，也只能落在头骨的外包装上
"百年之后，我们不一定都是灰尘"，你要知道：

与空气隔绝，腐烂便会放慢。当我们那些坚硬的部分
甚至我们本身恰恰被炙热的泥沙掩埋，烘干了水分

在透风的间隙躺着，多么惬意，还能做梦
瞧，我渴望的地下水，它们迟缓，嬉游，像优雅的蝶尾金鱼

咀嚼享不尽的花岗岩，因为矿物质很可能掌握着天机
不必等我们腐烂、解体，只要是稀松的有机洞穴

就轻扣一声，钻进去。那些坚硬的部分便完好地保存，成为
化石。一定要慢，电子显微镜才能看清我们精致的慢动作结
　构

就这样躺着吧，你再也不能失去什么
日久天长，骨骼的重量，还会不断增加

清　秋

午后，人流清洗完街道
桂子雨一直下到斑马线。半个江城
就要被隔夜的寒水浸透

这是我见过最浅的海
这就是欲望最低潮的清秋啊

和你走下一道斜坡，见桐叶落满棚顶
扫帚寂静如夜夜归来的彗星

小镇晨景

光轻如宣纸。曾有无数个清晨
朝我们铺展、吸引目光，在鹊舌尖落下细雨
在田间冬草上涂抹，光秃的杉树林
硕大的钻石成群并高出
他们低低的屋顶

当一切还很模糊，谁梦见神构木为巢的影子
谁就会有犬吠和鸡鸣

吟诵即远望，菜畦平整如湿漉漉的绝句，那双枯手
不过是个逗点。更远的清霜下

是集市散落的
如岁月永恒轰轰作响的
卡车蓝

当然，他们早已穿上了光之果实的披风
正携着同一枚贫穷的月牙
从隔夜的墨色里穿出

河流的分形

一切都似曾相识。谁的白鹭在村庄
默然盛开，养鱼人敲破了铜锣也赶不走。我重返
青苔抵死苦守的红砖，见枇杷又踩进巷路
清风狭长，同样狭长的矮凳上
白发人互掏了时光

河道外桑叶入秋，疾风灌满了他的耳朵。他随风
随那曾经吱呀鸣唱的金色渔船
向落日招手，不再归来。只留下他分形的孙子
崭新的渔人，仍然为黑夜撑开入口

一切都在分形。不必等你归来
我就占卜了这窗外追随千年的月光
她流到哪里的静谧屋檐，哪里
就会有几支干净的芦苇回到书页，哪里
就会走出一个你

我将要的离别是山峦跃起的一个姿势

过不了几个月,我时针般的孤寂仍将到达
这里。我将要的离别是山峦跃起的一个姿势
向南。向南,是皎洁的月和姑娘

而水鸟,平原孤傲的额头,这天空同时无处安放的众神之子
它越过黎明,世人的古站台
又忽而不辨东西、振翅飞远

带着春天溜上山

曾经我们隔水为邻。竹叶上的惊雷
是后院跑出的斗牛犬
憨憨地跨过藤蔓大门
老人轻摇胖乎乎的白菜蹒跚进来
越近,我越能看到她年轻时的模样
蒲叶在危险的河边站着,虚度

你破旧的望远镜蒙着尘埃
远方惑人的蒲公英在蔓延,远方的风
它恭敬的手臂正行走于大地引擎之上
他们用泛黄的云影哺乳一窝新雏
催着公园苔藓的卵石叮咚

唯有孩子的眼睛湛湛，如墨
还未消逝的三月之水，在永恒的窗纱
要逆着光，皴擦每块激烈的顽石

唯有孩子的眼睛湛湛，如痴
画板上，燕子首先被弹射出来
来自一声拙劣的序曲
鲜红的夜晚泼洒着版图，直到

这个晴朗的午后，漫山遍野的救赎
捻出了咒语，一个季候便箍上了头
穿过我们古老的耳朵
当初生的山茶花簇拥着死去
我们散步，拿起锹耳语几句
带着春天溜上山

卖瓜人

七月的柏油之火漫到了尽头。在珞珈山
短促的弓形阴影，他布谷似的去催生一场雨

"我的西瓜离太阳最近，离城市最远……"
午时他也侧卧，醒着，满眼尽是些黯淡的尘土：城市珊瑚

七月的铁温度要先深深刺入他作为容器的躯体
一会儿，就能置换出古铜色的新鲜皮肤

背后是他两鬓斑白的妻子,这唯一的星辰
正蒲扇徐徐,吐着清风

行迹即兴

1

街道口,流行视窗
栀子花灼人,什么都不像

我敢说,他今夏
也卖不出一朵

2

易拉罐式的命运填满了这里
光谷,一座行人贡嘎山

枯槁的拾荒者也会被一双手拣入轮回
向这些洁白汽车进行
非理性的一掷——

同样洁白的光腿少女
谁给她一个吻,让她消失得
死心塌地

3

普安新村。白鹭戏水
青鱼之外,传统的篱笆延伸

他躺在荒草与废墟之间
享受命运

黑色皮鞋

风呼啸着,世人的影子
消失。森林在远方不断地输送暗语
被阴天围困的黑色皮鞋,马匹似的出走
荒漠、礁石,尘埃落定

有时他们也故意踩进雨天
或者更加喜爱沉船于
一小撮湖水,看明晃晃溅起的环形山谷
不分东西地逃逸、消于瞑目
同样的,还有春天里就死去的梅花鹿

而此刻你眺望的可能是:
黑色皮鞋回来了,带来了你想要的泥土
和两片锃亮的月光

沿湖骑行

"你的影子拖到水了",我的朋友们枭枭地
往钻进身体的风里喊
从凌波门到夜色熹微,我们贪恋如水鸟的攫取
瘦削的背脊几乎弯成了弓

而你只要瞟一眼向后的流云,桨声孤单

当我们安抵寂静中的放鹰台
见一位守夜人,他岩石光泽的衣袖
硕大,却不发出声响
像缓缓送来湖水的一口钟
而他神秘的风之托举,竟得以

让我们俯瞰一座城,让深陷城市的那些
也登上这惺忪的夜之蝙蝠
(我们直立,我们也可以倒挂)
看见……

冬夜食堂遇猫

琉璃檐角在漆黑的寒风中擦出火光
冬夜这猛虎,它细密的纹理落在
夜猫紧紧缩起的背上,像翻车的蜗牛
松叶林中还有食堂废弃的汁水在淌

风带着足以湿透棉袄的词语
穿过浑厚的过滤网,长久地抵达
它婴儿般的喉部
——喵呜

冬夜的铁渡口

冬夜的铁渡口
寒风,不要怜悯
让我愧于土地的双手
迸裂!

在此我已经和你永别?
可你没有泪痕

仿佛击打铁轨才能传送黎明
击打空明才能把握荒凉的
更高。荒凉的
就在钟楼的顶端

冬夜的铁渡口
母亲,不要怜悯
让我鲜红的碎石一直铺到
家——

丁薇

90后。就职于江西金溪琅琚镇中心小学。江西省作家协会会员。作品散见于《诗刊》、《人民文学》、《诗选刊》、《作品》、《诗潮》、《延河》等。

丁薇的诗

雪

雪落下来了。
人间的事物呈现同一种白,
他们获取了片刻洗清自己的机会。
而此刻,
我站在雪地里,
任雪慢慢覆盖着我。
将我还原,化为这众多白中的一点。

我 们

人间的波光,
在一条大街上流动
被狭小的房间收容。

我们在白天牵手、散步。
我们在夜晚亲吻,挥霍汗水。
我们在重复人类的初衷

——历史再次还原成现实。

只是一天,
时间已经足够。
这镀金的成色多么坚定,
从表面开始,坚硬的质地已经形成。

我们完成了爱情的所有形式。
当白天再次取代黑夜,
我们也将涌入人群……
在一条盲目和必然的道路上
读出人世最后的秘密

橘　子

橘子在你的手上
它的甜,含苞待放
你认真看着,仿佛看透
看到了甜,看到了甜腻汁液
被它,深深地吸引。

橘子皮被剥离,
一瓣瓣橘子裸露
在灯光下
迫不及待的甜
向外拥挤
空气里,有暧昧的气息

你已经洞察一切
了如指掌。你转动手指
我如同那瓣，橘子
在你面前微微羞涩
又顷刻间，完全透明

恍　惚

雨一直在下，
路灯越发昏黄，
汽车的尾灯闪烁着
仿佛只为了证明自己的存在。

她站在岔路口。
这模糊的一切，
像极了她这混沌的二十年。

她试图用手
像刮雨器般用力擦掉脸上的雨水，
好让眼前的事物清晰。
只是雨一滴接着一滴
一滴覆盖一滴。
看不清的不止是眼前的事物，
连带着她自己也变得模糊。

她茫然、木讷地站在雨里

仿佛突然间回到了二十年前
走到了二十年后。

波澜后的涟漪

"只要让你读书写诗的都是好人。"
——你是书的信徒、诗的行者。
每月,你通过推翻前一个自我
而获得"重生",仿佛由此
你就在时间的水面上,激荡出波澜

更多的时候,
你像是投身于河里的一枚小石子。
河里水深莫测,
你向着更深处下沉
曾经激起一层一层的涟漪
渐渐缓慢、弱小,直到消失。

水　车

它不再需要劳作,
很多时候
它更多地被当作一种罕见的观赏物
孤独地屹立在田埂里。
在田埂的角落
它被风吹动而发出"咕咕"的响声。

这让我想起我的爷爷，
一生与田地打交道。
在打谷机盛行的今天
他仍用镰刀收割。
他每割一次稻谷发出"嚯嚯"的声响，
风车就跟着转动一次。

入　药

每月，我都将一些草类放入砂锅里煎熬。
它们的灵魂与肉体被分离，
药渣被倒掉——
犹如没有废弃的价值观
棕色的药汤缓缓渗入我的体内。
我吞下一口，
也必须伴随第二口，
才能用加倍的享乐补偿所受的苦难。

月复一月
它们在我的体内进行着一场革命。
最终的目的，
是为了让我的身体与其和解……

苍　茫

我们站在月台上，

寒风吹散了半枯野草,
吹散了迁徙的鸟群。
始终没能吹散这冬日特有的迷茫。

橙色的灯光一闪一闪越来越近。
你上车、挥手,
被行色匆匆的人群推着前进
像水滴融入到人海里。
伴随着一阵长鸣,
灯光又越来越远,
消失在白茫茫的雾气中。

而此刻,
我看见一只鸟飞过去,
又一只鸟飞过去。

下雨的时候

从来没有比这一刻,
更喜欢雨水的。
雨水打在玻璃窗上,
又缓缓滑落下来。
这突然的雨落,
延迟了你离开的脚步。
我们走出门去迎接这场意外,
点点细雨落在你肩上,
也落在我肩上。

它们创造了一种情境,
我为是这其中的一部分而欣喜不已。

致陌路人

城市浩大,
涌动的人群中遇见的轮廓
下一秒就会遗忘
陌生到陌生的过程
让我感到心安。

遗忘毫不费力。

悲伤的可以继续悲伤,
急促的更加急促。

一滴水被遗忘在雨里。

针

她把针用力插进鞋底,
勒紧线,
再拔出。
动作十分吃力。

阳光下,

她脸上的老年斑像极了
针上的斑驳锈迹。

不，
她就是那枚针，
扎伤过别人，
也扎伤过自己。

多少年了，
不再与人针锋相对，
她收起了最尖锐的部分。

鸟　鸣

清晨是被鸟叫醒的：
那是街道旁的一个小院，
葱郁的树上装着许多小音响。
它们飞起，又落下，
叫声却没有因为我的出现而中断，
似乎把我看成了它们的同类
"叽叽叽叽"的相互奔告，鸣叫。
它们的宽容、毫无芥蒂让我无比欣喜。

虚　无

我们并肩，

天空正好有两颗小星星
它们像我们一样漫无目的。
对这个世界没有要求,
彼此也没有过多的奢望。
走到三岔路口时,
起雾了。
他走进蒙蒙的雾霭里,
成为星云缥缈的一部分。

酸枣树

"你要爱上自己的命运
如果注定离不开荒野"

"那就一直往下
探索最深处的苦楚。"

"困苦是注定的?"
"那就积攒所有的甜。"

我是故乡的游客

我去过许多的村落
而对于故乡
——那个坐落在马路边的一个小镇
那里的人、事、动物甚至一株植物,

都不曾了解。

"祖辈居住过的地方就是故乡!"

一年中只有一天——
清明。
因为祖先的关系,
我回到故乡。

像一位异乡的游客
被每一个陌生的丁姓人问好。
又在这一天之后
迅速离开。

路　口

棺木张口的嘴合上了,
它把叔叔吞了进去。

那年我六岁,
不懂生离死别。

只是站在出村的路口
看着八仙抬着,痴痴等着
再一次把他吐出来。

午　后

阳光照在你身上，
一只白鸽
飞起，落下
在草坪上
似乎在啄着什么。

我觉得我就是那只鸽子，
琢磨着你的影子，
而你，全然不知。

起风了

起风了。
一片落叶追随另一片而去，
冬将代替秋。
满地的绿草会被雪覆盖。
人间的事物有什么不会被取代？
七月的荷花百媚千娇，
终究不过百日。
我爱过的人呵，
如今是谁替我在你身边。

李阿龙

本名李坤,1997年生,安徽临泉人。2017《中国诗歌》"新发现"夏令营学员。作品散见于《诗刊》、《北方文学》、《散文诗》、《中国诗歌》、《诗歌月刊》、《草堂》、《延河》等。

李阿龙的诗

蝉　鸣

我未听到它们,走出她的租房时。
尽管小院门前,有株槐树,以清香
穿过垃圾堆、塑料窒息味的间隙

像细雨飘拂着,润湿。
她走前面,指一条近路,以便
我赶上那趟班车,"以后怎么办,
你得心中有数。诗歌不是全部……"

我提着行李箱,走过泥路、叮人的野草丛,
杂物横陈的小巷中,人语一声高过一声;
生活疾雨而下,噼啪打在她
日渐小下去的背影。
沉默依旧占领我们之间……

客车头露出湿黑的街口
路面,青白色花瓣点点。
她向我挥手,她又说了什么——

这浩大的声响瞬间淹没我,转又
推我到空旷高远之地,像暴雨中伫立
被清澈的灵魂审视。

与黎,八大处

去八大处吧,你说,因为它陌生。
之于我,你同样陌生,和你说话之前
我的所有言语,胸口弥漫——
那塑造你,川地的山水气息。
公交车和地铁近一个小时中,我似醒似梦,
直到我,抵达约定的地方:
缓入一种隐秘,新的世界。

在海淀五路居一同出发,西下庄转车——
春暮清晨,风略凉吹入
车窗,你黑T恤短袖下的白胳膊需要
一段长对话来暖和;我和你相对而站,
气息上下呼应。一路上,随车身来回颤动
的对话,刻出了你的脸、鼻梁、脖颈、夕色
齐耳发:从车外幻现不定的事物——
蓝空,云,及更远处蒙蒙的绵山。

到站后需走一小段路,山脚下的马路
两旁各一排白杨,顺着它们,
能走到公园入口。它灰白树皮上
的菱形裂纹,经常吸引我——

星星来自白杨!
而你看着齐腰处的那些圆形小洞，回想起
山蜂，蜇的大包晕倒人一下午。

抬头，目光越过高大的树冠，那八大处
的山峰，令人惊喜地闪现，
在蜂翼和光中。

金鱼，与黎

在五月份生日那天，他带回来
一条金鱼，小拇指般长。
他将桌案上的一次性塑料饭盒，
倒上半盒清水，鱼就落了家。

时入六月，在窗外摩擦的风，加热
几欲沸腾；鱼缸里不时浮上水泡
——它正沿弧形的盒壁做一种运动（游戏？）
将盒圆分成左右两半，先选择一半
来回游：抵达一点，快折身子射到另一点。

一次、两次、三次……最多五次，
它累了，张开鱼鳃，斜沉
到盒底，拣吃下一颗鱼食，
然后在盒圆的另一半中重复。

汗水时常打断他写信的笔：

"……六月的墙壁将灼伤到我,
要离开这个地方,窗外无一处
不充满燥热的光和尘,它飘起,
它沉重逼人……"

他又撕裂了信纸,将笔紧握摁在
又一张洁白的纸面,
在红色的平行线里:
"未来正流向我们……"

头顶前方:鱼扑打水,
它慢下速度,浑浊着
水、日光、鱼食、排泄物,
和它金黄的脊背,白肚皮——

"……假如我要去往别处,
就将它放入河中。"

金字塔

那个仲秋夜,一场雨水刚过,我和安琪
相约从河大门口,沿五四东路散步。

街两旁的商店中人影晃动,
灯光因空气清澈而明亮,
人声车声从中流过。
商店前,不时飘过的蓬松木绒,

从悬铃木浓密的叶影中;木绒沾上
肩头、或在地面呈波浪,滚向远处。

安琪心情不错,小臂甩起阵阵清风,
如清洗后的陶笛,嗓音:
"我讲给你我做过的梦吧。"

倾斜的街道。
围街成圈的师生。
学校中央搭建金字塔。

"我爬到塔顶,往下看
看见一张鬼脸,金字塔就是鬼鼻子。"
我惊悸低头看向街际,一片水洼反光

与　晶

"两杯蜂蜜柚子茶。"
——几乎同时脱口:
一杯是热的,归你;一杯冷的。

奶茶店过道窄小,像走进长颈瓶,在屋子
里面的宽敞处,几个相对的两人桌;
桌子,由根铁管相连。
我坐入圆形吊灯的阴翳,看着你:
轻吸一口茶(小心烫),双手交叉
在桌面,或单指叩敲,不时,投来一浅笑。

"你一直没什么变化啊,
我变了许多。"
我注视着那手指:左手食指,疤痕隐现。
它曾被削笔刀割伤,你未完成的画作溅染
一片的红色——
错误一笔?还是恰到好处?
——你回到老家养病,不久,儿时的竹马飞来,
甚于意外。不久,你好了,带着些许疲惫,
和打算:去更远的城市,适合画家,或服装设计师。

"我准备在离家近的城市生活,
你知道他,还有家人愿意我在附近。
有什么事,可以及时回来……"
右手拇指,微胖如白鲢,叩声悦耳。

"那你呢,在那地方还好么。"
茶加了冰,凉透手骨——忘了嘱咐店员——
你摇晃它,想让冰快点融化,
白色套衫透出一股温热的柚子香,

六年,我和你依凭着笔生活和爱,
让我们紧靠的已不仅是年轻。
"送你的画,还一直在我这呢。
画好后,一直没时间给你……"

"……我要去往更远的城市,在路上
耗尽自己。"

轮　滑

"音乐只告诉，不解释原因……"
　　　　　　　　　　——题记

轮滑　轮滑　羽翼飞闪的青春。
一百平方米左右的方形滑场，铺着一层
棕色薄木地板，中间两根墙柱，
墙柱上霓虹灯转动；左边的墙
墨蓝色大窗深嵌，光穿过，所经处灰暗迷乱。
房间尽头的墙角上，两边各一个
黑音响。绕着三面墙的铁管扶手，高齐腰；
前台，一位中年男人，眼袋很大，
面庞黝黑，裹在黑皮外套和弥漫的灰光中，
人走近时，他吸口烟：
"十元一人，从六点到晚上十点半……"
也提供烟，饮料（禁止饮酒）。

那个下午三四点，我走进这里，到七点——
按平常的放学时间——回家。
享受抛掷身体的短暂快乐，飞，身轻如燕。
当音乐，紧追轮子，我心亦旋转
将烦恼倾入充盈的呼呼风中，或是
新的欲望燃起了——
那旧时的歌直白又动人，了解我
羞涩折磨的心——有人走了进来，倚在流彩

的扶手,女孩,与我年龄相仿,十四五岁。

双排轮滑鞋适合初学者。单排倒滑者
令人羡慕:他们背起手,随意跳脚、转身——
初学者如石击起的水珠般,落上墙柱或铁管。
更羡慕,他们牵着的姣好的女孩。
学好轮滑要摔多少次?那个下午,
我半蹲身子,颤巍巍滑动(要提防那些人)
像刚会走路的鸡雏
——她来时,身子猛然轻松,小腿绑的重物飞走了?

那时候,男孩偏爱长刘海,半遮半掩故意颓废的
目光,遇见女孩,向后一甩头——弧形使人更帅气!
时兴紧身牛仔裤,露膝盖。
那个下午,我有长刘海,新外套,逃出沉闷的课堂。
——她在身后,拉我飘展的外套,或又与我并行
把手搭在我又惊又喜的汗臂,
她网状的衣袖露出了白胳膊。
羞涩,让青春的心跳透过薄衫,
猛一低身斜转,它如一根烟蒂,在墙角:
不久,她超过我,转身倒滑,朝我微笑,
飞向倒滑者的炫舞

——我已忘记她微笑时的模样:
多少美丽的面庞重复,无感,唯有旧歌重响……
霓虹灯早已坏了,在明亮的灯光中
我冲向那些墙柱,扶手,那个下午,
那些明媚,又阴沉的光影,如青春的短须。

与敬元兄

"当他倒下后,身体前方仍旧落下一个个脚印,
那些脚印一步步走向苍凉的落日。"
                                    ——《法外之地》

好了,现在我们停下。四点五十三分。
你放下水笔,手指间转动的文字,
奇特故事和梦(惊悚,让人跳出沙发)
躺在桌面:啤酒泡沫、牛奶渣粘挂杯壁、
一张写着故事结构的快递单。
就让它们像结构主义、现象学、"自我和本我"
在谈话结尾,睡梦前夜,让服务员
或供文学爱好者,收拾和消化(毁)。

头倚靠沙发背,双臂交叉胸前,盖上衣服。
身体整个嵌入沙发,尽乎将四肢的感觉,
头脑、记忆,也都交付它;我和你都累了,
顺利滑入梦,无思想或生活阻碍
(忘记它们,在废旧的快递单)。

呼吸开始弥散,沟通咖啡馆
其他地方——有个胖男人在角落里打鼾;
一对年轻情侣相拥,耳边切语;
与我们相背的沙发上,一个中年女人,轻哼老歌……
五点半,我由手机闹铃惊醒,误设的,

窗已大亮,许多人离开了,桌面的酒瓶和杯子没了。

你斜躺着,像达利耸搭桌沿的钟表指针
我订的车票——从北京到保定——八点整
时间还早,又歪倒。闹钟设七点。

七点十分。我走在东四西街,空气清凉
灌入我惺忪的面庞,胸口凝滞,那些
深夜里离去的感觉随日光回来,越过
大厦,天桥,行人身影明朗又模糊。
我开始又是我了,又仿佛不是,这感觉

走出三联书店,雕刻时光咖啡馆。
它们经历了一场——像你的故事——
历险:我们睡觉时,在身体前方,
它们继续走着。
(当它们返回你时,你会感觉什么:
荒凉野外,一个小屋,机器轰隆?
或一个跳出胸膛的梦?)

八点零一分。火车开动(事物漂移)
我依着窗睡了,我想你还在睡——
它们自由于时间,它们能找到你的想要

小提琴

在演奏的中心,在高大松树的
密针之中:风正游来,从
树荫光滑的脊背,包围这白色小亭——

你曾描述过蔷薇:彩色泡沫不断涌现,
折射出类似爱情的气息。而今何在?
在秋季隐秘之处,指尖无形的光
将其触动、引诱,如逐步逼近
一个颤音:尖锐……低缓欲无……

……你失败了?重新开始,在
乐章的开端:面对低矮灌木、一片树林
调整姿势:风仍不断传来细微的开合;
你弯曲手臂,在耳朵和手指之间
将那闪烁脂光的木桥搭建:弓
缓缓,朝里射入——

此时,如独坐月季中央:那
些许灰暗的天空,两朵云
不断向对方移动:偶尔,我,
斜倚墙柱,领受几束你赋予的远光

翟莹莹

1995年生,祖籍河北,现居成都。参加第九届《星星》大学生诗歌夏令营。

翟莹莹的诗

放一枪

对着镜中的我狠狠放一枪
脱胎出真实的七零八落
我受够了虚假完整
受够了看上去很美
一天天活着,浪费着
每个想死去的念头

人们害怕能击溃自己的东西
把过去隐匿在针尖里,缝补着
现在示人的面具
用借口隔绝痛苦和死亡的关系
我夹在热闹和孤独中
准备了场盛大演出
微笑、站姿已练习多时

狠狠地放一枪,才能看清
碎片里,对诗歌如此自私的人
才能将灌入我体内多年的风放掉

才能让我看到
每个笑容都是放声大哭

妈 妈

妈妈，你可以死去
但你必须回到我肚子里
等肚皮录好生命的口供
我帮你，
躲避一枚老茧的追击
妈妈，从今往后我靠脐带了解你
而不是静脉曲张或风湿
我也可以把你生回齐鲁大地
帮你温习一遍乡音
妈妈，如果你担心这辈子会一路跟来
我也可以，为你死去

铁 匠

岁月是冷的，火
也是冷的
九十年的路压在我的锤子上
我举不起，也放不下

烧成灰的是什么
我想了数遍

时间粘着我的父母,老伴,儿女
滚进火中,烧成
我早已一一细数完的孤独

老,是什么
我已经没有力气讲清楚
甚至也记不得了
我终日复制糊涂
三年前和三十年前是同一天

空空的炉膛炼化了我
以哭声报答几十年它的养育
而今,我比你能想象到的任何人都衰老
或者我是个满身褶皱的婴儿
当时间披麻戴孝来哭我
缓慢仓促地掳走我

我只能比往昔更年长一岁
才能清瘦到棺材的极致

致云泥

我多了种恐惧的事物,并且
难以命名
通常美好夹裹着逝去到来
让一扇大门酝酿更出色的禁地
让人不得不承认,

痛苦才是我们唯一的天赋
燃烧时,我们发现彼此处于零度
而情谊延续了夏天即将熄灭的光辉
游说之词假借伤心赶来
此刻,
我势必要成为你最脆弱的力量

说情话

1

我得和身体好好谈谈
我们从不欺骗彼此

她同时矜持又张开
叫声细小
刚好吵醒我一个人

这会儿,她从耻骨下方探出头
坚挺着乳房
说想你

2

就在今晚
我预谋用一整夜的时间想你

没有潜入你梦里的能力
就勉强求其次——

在你耳边再唠叨一遍想你

如此
我的名字才有可能刚好砸中你

3

我是要把所有的日日夜夜都揉成一个
在你身边醒来的清晨

致 L 先生

让头发卷起,火苗沿着发丝的弧度燃烧
逼近大脑,这人体最精妙的器官
作为爱情的容器
聚集着烟熏过后的情感,散发出
使我残废,引领我走向无用的气味
每一个月份都有些苦
每一件事情都有些脏
我想祈求你打捞我这条——
忘记张鳃的鱼
又或许将自己挤压成一条线
或者分散成比夸克更隐秘的单位
我才能匍匐在你周围
设想一下,无需借助人类任何形式的表达
让语言、文字、眼神、肢体都归零
我可以从你皮肤潜入内心
只要我到达那里,线性逻辑早已失踪多时

而爱，是这场大清扫中唯一的幸存
我冷静下来，试图把河流折叠
滤出最清澈的部分
水就是无，而它早已存在多时

关于离开

她会怎样离开
当天空的碎片折叠成数把尖刀
分割好她跳动的心脏如同冷静地
肢解大地
你要她怎样离开
大海不预谋地淹死一座孤岛
而鲜为人知的漂移借着神谕悄然避开了道德
这错误动心的过程
却在春天最漂亮的日子里播放
她又能怎样离开
爱情跑在了皱纹前面
也有个女人跑在了她前面

将　军

一

沙场的女人都是假装昏睡，死赖着不走
我想让兵器赶紧过期，为此专门题了赋
"来啊，我们谈谈爱"

将军去打仗了，一条腿瘸在这个女人那
一条腿折在另一个女人那
她们夜里总是哭死去的精子，没成形的胎儿
索性我们都不是他们的母亲
她们爱你的胡子，眼睛，漫游的双手
涂着福尔马林的嘴巴，填满阴道的生殖器
将军，听说兵器一湿就会过期
你得赶紧夺回你的腿，你的一切

而将军，我只能祝你常胜

二

迫击炮流弹机关枪全让你害怕，是吗将军？
打仗的人总会有很多顾忌，脑袋只在昨天健在
然而梦做得太小，只装了天下
我要瘦一些再瘦一些
火枪手要把我上膛了，将军将军将军
会有好心人瞄准你，我会飞得不高不低
将军，照顾好你的妻子孩子你的子子孙孙
照顾好你身上最浓的枪油味

打仗的人总会有很多顾忌，将军别怕
就算途经你身边，我也不会爆炸

三

那个笑得像拖拉机一样好看的女孩子
你可以开着她，去阿克苏，和田，去永远本身
你不会再收到罚单，或者是干些超速之类的事

翟莹莹的诗

她的头发够长够密,过滤掉很多枪林弹雨
将军,卸甲该是归宿

可我心烦意乱啊
那些看起来就十分美好的一辈子

四

那是一场暴雨
旋螺纹的天空爱上了乌云
她的脸终日向往羌塘
这人间的一切,我们一一细数
比算盘更精准地谋划余生
像雪,不留余力的亲吻
这大地的一切,
它们有着度过漫长冬天的水分

将军,我也老盼着战场干净
不见一具女人的尸骨

五

神谕遍布之地皆是他青色的胡茬
情话博物馆引诱她长大
从风起到天将明
她是有横跨一辈子的勇气
而这些,她早就想象到了

将军啊,她一生做得最为出色的事就是撒谎
"我不爱你"

六

天是阴的，抒情确实不容置疑
戈壁的荒芜初尝羞愧
天空是那种从下而上的蓝
由内向外编织挂饰的技艺
被爱情反复斟酌的人们一一掌握
将军，只有我俩知道
我就融化在七月的第三天里

失 眠

天终于亮了，又一个恶劣的夜晚睡去
我迫不及待投入一场日出
而你，再次辜负了我整夜的失眠

从地平线中间升起座巨大戏台
以爱作火，狮子从火圈中心跃过
烧尽了危险你好落荒而逃
一切都可笑得出奇，人人畏惧着猛兽
你畏惧早已洞穿的温柔

我喜欢每一个古老的睡意
在它只代表困倦的时候
我也喜欢今天，它横跨我整个人生
复制、延续每一个截面
我爱它，比爱昨天还要心碎一点

故　乡

我多害怕写下这两字
多害怕这两个字身后的一张张脸
山脉中沉睡的女孩醒来，就只会
增添，这人间的哭声
我见过燃烧婚姻升起的炊烟
就如同无法根除的污染
躲在柴火里哭泣的孩子，让晚饭熟得更快
我被土地耕种的亲人，早知悉了
要用血缘坍塌这座宗祠
背叛族谱的原因免于我去充当一个罪人

几千公里的路，败坏了我的皮肤头发
败坏了我从你那带来的口音

冬

一切都陌生得如同昨夜
棉质声音缝补好过冬的衣裳
领口，袖子，衣摆
我一遍一遍模仿你说话的样子
下雪的时候就去室外取暖
听你喊我名字，喊我回家
听你住进火炉的声带长得多精致

这里的冬天绵绵没有尽头,而
春天的开始从你走后变得憔悴
我多怕一场春雨下进我身体里
多怕招摇的风勾引出心事
而停在季节中间的人,又生出一些咳嗽

她

她更接近某种离群独居的兽类
妖精样的紫色眼睛住着整片森林的河流
母系的孕育让她崇拜自然
天空倒转,树影化为实体
女人的叹气是固态
鸟类长出适宜奔跑的双脚
她薄薄的翅膀以灵动缠住一片阳光
我们用一切能用得上的来感受
触觉,嗅觉,视觉甚至是心有灵犀
什么打马而过
什么静止
虚无的深处是更加崭新的虚无
相爱以对抗孤独的勇士姿态存在
我的骨头窃窃私语
一根骨头困了
剩下的就愿意醒着陪它躺一会儿

西尔

本名梁伟伦，1995年9月出生于浙江台州。2017《中国诗歌》"新发现"夏令营学员。复旦大学航空航天系飞行器设计与工程专业2014级本科生，复旦诗社第42任社长。获第五届红枫诗歌奖、第三十三届樱花诗歌奖。

西尔的诗

春美术馆

再次见到栋先生是在春美术馆门口。
他穿着和毕业典礼时如出一辙的行头，
少说用了七年的威戈牌炸药包倒背在胸前，
前足挥舞，生生撕裂尖锐的空气。
我曾亲眼目睹先生在小卖部阿姨的见证下，
与无恶不作的流浪猫展开公平之决斗。
那时，他的双臂还没彻底进化成螳螂的样子，
只是后来，他不再把这些小事放在心上。

栋先生在电话里绝口不提炸药的事情，
只一味说请我帮忙，否则自杀。
我刚从蚊帐里钻出来就立马上地铁，
所以没带一根烟，更别提火机。
"这就有点不大好办了。"他抖落脸上的皮癣，
用左臂挠下巴，顺便削掉缠结的胡子，
右臂的大镰刀在地上轻轻点着，
一下戳死一片蚂蚁。

漫长的沉默使人筋疲力尽,四肢垮塌。
我索性坐到一个年轻女性雕塑上,
发现少女正向一只黑铁狗喂食男性生殖器。
栋先生解释说,这是因为现代人营养过剩。
缪斯能当饭吃么?回答是能,什么都能吃。
于是乎,大家就把缪斯做成刺身,
蘸现代的芥末吃了,然后切下老祖宗
用来传宗接代的活计儿,去喂了畜牲。

先生是站在世界版画展的海报下说完这段话的。
海报里,蒙娜丽莎正大方展示着下垂的乳房。
栋先生问我,想不想和他一起进入春美术馆,
巧的是,尿意恰好让我失去语言能力。不,
这条路是走不通的——他张开强而有力的螳螂臂,
向着售票口排起的一字长龙奔去。
热流汩汩从我的身体向外流出,我捡起先生冲锋前
丢在地上的炸药包:里面满是爱与生的苦恼们。

两男两杯

我来到吧台前,旁边坐着半个毛小豆。
两个人要不起两杯嘉士伯,就差那么一点儿。
相熟的服务员还是用她漂亮的胳膊给倒上酒,
肥胖的大黄蜂伏在菜花上,毛小豆咕哝道。

之前一对情侣在室外亲嘴、争吵、再亲嘴,
毛小豆上去就往他们肚子上一人一下子。

所谓英雄,不过被精液浓度影响了大脑。
那么我也只好对他后来的挨揍只字不提。

酒精在女招待的慷慨下自毛孔中渗出。
抛去正在流血的外表不说,某些东西
于数月时间内为毛小豆带来巨大变化
从各种细枝末节看,他现在并不再像个人。

毛小豆没有耸肩,也没有表示反对。

事实上,他的身体放出奇怪的光,
腐味开始弥散,充胀到鼻腔和脑子。
我逼迫自己直视他的眼球(没有思想),
因为有所亏欠,我必须成全他的胜利。

成为死人的过程十分迅速,没有目的性,
就像毛小豆曾对我说的那样,
久治不愈的两个病患不会互相上坟。
在自动存、取款机前当资深嫖客,
拦下出租车做一次丑闻中的暗娼——
绝大多数事情是没有什么区别的,
可以归结到简单的地方去。

麻醉品作用下我回忆起这段对话。
油菜花塌了,谁都不赶走恼人的黄蜂。
我预感:出于行为倒错,那位女招待或将
循上毛小豆的足迹。那么在此之前,

"请给我一杯嘉士伯。"

量　表

有的声音确实令人心悸：
比如呃嘴。比如反锁入口。
又比如房东趿拉着坡跟凉鞋
从浴室出来在门外的驻足。
房间里，他封闭耳朵，同时
也封闭握笔的拳头。汗水划过
鼻尖，落入页首的"闷闷不乐"。
指腹晕染，一簇短暂的泥泞。
面对"情绪低沉"的诘问，
他合上笔盖，终究不敢作答。

与己书

那时候，男人的躯体还远称不上
佝偻，妻子也不曾在经年的
小声哭泣中走向灵魂的变形。他习惯将
自己反锁于书房，并试图以此改变小儿子
生来的乐天知命。至于更年长些的女儿
则早在日复一日的担惊受怕中
找到了逃避的方法：把表达自我的
欲望封存进指腹所及的每一块骨头里。
某个午后，预感到老之将至，他再一次

把自己关起,感受鲜活从熨帖的
绲边衬衫上缓缓褪去,任凭衰败
把包括丈夫和父亲在内的所有身份
连根拔起。也正是从那时开始,
这个自谓窝囊了一生的男人
开始抄写非法非非法的金刚经。

小职员

给 D. W

他很清楚,方才的言语已远超上级
对自己的授权。在这家剥削式的
上下关系无孔不入的外资企业里,
"语言的分量始终不及人重。"
马部长还没把擦完汗的手帕塞回
裤兜,亲信刘主任就悄悄递过纸条。
两人只微一握手,眼看就要
达成的初步共识瞬间土崩瓦解:
"这事还需深入讨论。我不是说
你的想法不好,只是……"
进入公司后的两年多时间里,
他始终秉持老实本分的处世原则。
偶尔的出格举动,实质也是依足了
社会生活各种规矩的职场修行。
但他毕竟是个年轻人。一个在出租房
过着单身日子的、有火气的凡夫俗子,
每天早晨带火气地和前台李秘书打招呼。

像现在这样，面对上司已预设好
答案的欲言又止——假如"只是"本身
并没有答案，那些逢场作戏的询问
怕是有落到实处之虞。第三种火气。
"只是，即便对于你们这些年轻人，
冒险也不是一个好的选择。"
哇。这可是经过大陆市场考验的
商业模式，并且即将登陆台湾。
任何质疑王总裁战略方针的人，
按其不信程度可分为固执、愚昧
和堕落三个等级。他想起了自己的
劳资合同，暗自窃喜，随即又羞惭地
低下头去：合同到期前，他是注定
无法和那些不信者一起否定上帝的。
"时间差不多了，没有意见就散会。"
是的。公司业绩的稳步上升，要归功于
提拔五十岁以上精英骨干、向加班的
青年员工发放火腿肠等一系列举措。
垄断保守派市场：所有反对新事物、新格局、
新势力形成的人都已成为坚实拥趸。
他真的很想表态：没有了，没有意见了。
无论男女一律不得染发。不得出入
各类高级场合（上班时间除外）。严禁
缺席公司组织的聚餐、注射疫苗、集体
上洗手间等群体性活动。都没有意见
可是，他最终还是抬起头，朝着马部长，
朝着他背后的玻璃幕墙，朝着台湾，回答道：
"不搞文人间的互相吹捧。"哇。

神来之笔

许多年前,第一次执刀叉
而不是筷子用餐的他
就养成了以拨弄圣女果
等待进食结束的习惯。
耐心,他素来是不缺的。
会议期间,他一直安静地
坐在进门右数第六个位置上
抽烟。偶尔通过调整坐姿
以保持与身旁主持女士的
相对位置不变。一旦有人喊
"林亦栋"这个短语,他就
立刻扮出一副刚从走神中
惊醒的样子。起立。将文件翻得
哗哗作响。然后用干瘪的方式
给出回答。"很正确。谢谢。"
等到他重新坐回椅子里,世界
已大不相同:矿泉水没有了,话筒
也没有了。与会者一个接一个地消失
最后,连会议室都没有了,取而代之
的是一个崭新的空间。幻觉?
不,不是的。整个过程都经过他
精心的设计,只是在若干细节上
出现小小差池。比如,主持女士的身体
还残留了一小部分——毕竟,她从不

了解他藏于表面暧昧手段下的
处世态度。又比如,除她以外
所有他曾假意讨好的对象都已变成
看不见的人,某种紧张却始终无法消弭。
与此同时他发现,在这个空间里
思想的流动不受控制,并趋于狂暴
这给他设想中的完美肉身带去
令人恐惧的巨大饥饿感。
在生活之彷徨向生存之绝望
倾斜的过程中,他忽然明白,
何为真正的神来之笔:一双眼睛
一只耳朵,明显曾属于
某位女士的半片屁股以及一副
刀叉。那么这一次,不妨从
拨弄圣女果,开始进食。

乌拉尼亚

三年前,我只身一人到孤城乌拉尼亚住下。
所租住的公寓楼邻近一条干枯的河,
过去的一千多个日子里,每天都有瘾君子
源源不断地流入三条马路之外
生意兴隆的一站式火化场。
有时候,我会路过那个热闹的地方,
捡起被蛋白质浓烟波及的鸟儿带回家,
然后开开心心地饱餐一顿。

不久前,乌拉尼亚感染了不治之症。
它那颗罹患肥大症的心脏
开始一意孤行,不间断地从市政厅泵出
诸如自由之类的带劲儿词汇。
那些要么痴迷于帽贝、要么
钟情海参的人们被震颤得神魂颠倒,
纷纷宣布占领本就属于自己的土地。
他们自发地聚集起来,赤身举行裸体集会,
那食髓知味的样子,活似一群待宰的畜生。

我的房东约翰就是这么一个老畜生。
来到乌拉尼亚以后,曾经的健美先生
迅速拥有下垂到肚脐的迷人胸脯。
在一场有关理想的游行结束之后,
约翰挺着沉甸甸的肚子、拖着
同样沉甸甸的四肢回到公寓,
坐进覆满油渍的懒人椅,任由自己的
影子在地上瘫软成一片沉甸甸的烂泥。
走了,我笑着说。而他累得
连手都抬不动,却仍依依不舍地看我摘下
他腕上的铂金表,就此告别。

里程数突破四十万公里的道奇公羊
像真正的食草动物一般冲向绕城高速路。
而我亲眼见证两个显然嗑了药、状态正佳的
年轻人刚出停车场就把车抛锚在路边,
相互纠缠于副驾驶座上奄奄一息。
身后,那些躲在新建大楼里恢复元气的人们

和他们的宿主一样,由玻璃幕墙组成的盲眼中,
除了铺天盖地的各式标语外什么都看不见。

收音机已收不到乌拉尼亚电台播放的进行曲,
我摇下车窗探出头,最后望一眼那座孤城。
这一眼后,我就再不能看到即将失去太阳、
笼罩在阴影里的乌拉尼亚。
狂猛的风在我耳畔呼啸而过,
或许某一天,它会像割裂我的皮肤那样
割开一个女人滚圆的肚皮,取出一个
沐浴在光芒里的男孩来解救这座城市。
只是现在,趁着落日还有一分钟寿命,
别了,我的乌拉尼亚。

莲花洞

三十七度。
他习惯以这一比例
向上观察:崖壁光洁,
被蝴蝶剖开,
形成两片丰满的山峰。
巨石化作樱桃
缓缓自山顶落下,
错过微张的双唇
坠入喉头,荡起
一次追加的滚动。
此时,他恰好

刚刚脱去上衣。
体表析出的盐粒
追随着呼吸，
划过十分钟的脂肪、
十公斤的坦荡，
最终汇入绵延了
十厘米的重岩叠嶂。

而下半身则在持续地
进行令汗液蒸腾、
消遁、再蒸腾的
往复动作。疲劳从
大脑皮层开始
向内堆积，恐惧
在枯燥中对外扩张。
任何的风吹草动
都可以加快他对镇定
所剩无几的吐纳。
幸运，更可能是不幸。
在喘息的高潮
到来之前，他已率先
抵达峰顶——在那里，
有半座未建成的小庙、
几处民舍和一对
正在交谈的男女：
好大一场火，
将莲花洞烧了个干净。

冯爱飞

1992年生于甘肃通渭。作品散见于《语文报》、《中国校园文学杂志》、《中华辞赋》、《鸭绿江》、《星星》等。有作品入选《中国首部90后诗选》、《中国当代千人诗歌·实力卷》等选本。著有长篇小说《悲伤不再流泪》等多部。

冯爱飞的诗

那个拾柴的女人

从前,我愿意提着一只篓
去很远很远的地方,收集可以生火的柴
柴从树上落下来,安静地躺在山的阳面
山的阴面,有我的母亲。有我死去多年
未曾见过一面的祖父的坟,这块地
已经被她选好了,活着的时候
她在这里拾柴,死了的时候,她说
她要葬在这里,如果有人问起
你就对他说,瞧
那个曾在这里拾过柴的女人

插秧的女人

雨过天晴,她们在膜里播撒种子
用手抛去土里多余的草
弯着腰交叉行走,饿了的时候
她们就坐下来,在田间的地埂上,啃馒头

馒头是好几天前，用山里打来的柴火
蒸好的
她们把它放在洞里，井里
放在厨房的缸里
作为一个只会插秧的女人
她们像珍爱自己的乳房一样
去珍爱这乳白的相似之物

一些悲伤的事

他们悬着一颗不死之心，用药活着
要干瘪的粮食活着
用轮椅，用拐杖，用清晨的太阳
有时，他们也用绳
用斧或浓烟
在灰色的人间，他们有着烟一样浓烈的爱
他们牵挂活在这世上的最后一个亲人
有时，他们用打水的绳
用砍伐的斧，用烈火燃烧后
氤氲的浓烟，结束自己
看，多么悲伤的故事啊
电影和现实总是出奇地相似

比草更低的低处

长在甘中高原，我是流寇之后

是马贼掠夺后，遗失荒野的种子
我的祖先在这里凿井，在月光下。洗澡
喂养羊群

羊群做着路人的母亲，也做着我的母亲
我们裹着夕阳，在山顶吮吸大地赐予一切生命的乳汁
羊群死了，就会落到草下面。草又长出新的葱郁来

如果有一天，我也落下去了
落在比草更低的低处，我的头顶
也会长出，新的泥土来

一切仿佛没有被提起过

她们在马背上供我，喂我青草
她们在锄头里种我，给我肥料。阳光
和午后的雨水
她们在六月的镰刀上割我，给我粮食
她们在九月的土里凿我，用桶挑我。用瓢舀我
她们用灯盏照我，用新年的窗花贴我
用腐烂的树叶烧炕烤我
用刚刚挖过土的手捧我，睡眼蒙眬后的眼望我
或者，一切还没来得及发生过
她们已经老了，又或者
一切都未被提起过
我已经长大了

黍不语

1980年生于湖北潜江。作品散见于《人民文学》、《中国诗歌》、《青年作家》、《青年文学》、《汉诗》、《新诗》等。获2017年《长江》丛刊文学奖。参加《十月》杂志社第七届十月诗会。湖北省文学院第十二届签约作家。

黍不语的诗

这世间所有的好

那麦地多广阔。好像可以
供我们走很久。
那绿色多蓬勃,像世上
所有的好,都来到了这里。

我想跟你说很多话,像小羊
不停地咩咩。
我想长久地和你拥抱,像两棵
长到一起的树。

然而我是如此单薄。人世繁茂
很长的时间里
我踩着你的脚印,认真地
往前走。

像我拥有了,更多的你。

名　字

我曾经，在早晨的风中
写过你的名字
用泥，用水，用枯枝，用落叶
用积雪，也用花朵。
我还曾用过眼泪
用过天上的
白云。
它们在见到你之后
就消失了。
你的名字变成了泥，水，枯枝，落叶，
变成了积雪，花朵，眼泪和云。
当我们一起
离开
那里不再有任何东西。
只剩下一块心形的，完整的
残缺。

随处春山是故人

当我走在小树林，把脚下的落叶
踩得嘎吱嘎吱
我以为，我踩在旧年的积雪上。

那些白,还是干净的白
柔软还能被置于手心。

那些被白雪簇拥着的
杨树,以及杨树梢上的天空
像无数好孩子
在光阴中站立

我以为我走在时间的
深谷
而周围都是故人。

雪

我和一个人在雪地上走着,
没有说话。
茫茫的雪覆盖我们的头,我们的肩,
随后覆盖我们身后的脚印。
我们一直走。
一直走。
因为雪下着雪一直下着雪地上空空如也。
这样的情形仿佛是,
多年以前。又仿佛是,
很久以后。

大树

本名孙胜,1995年生于江苏淮安。作品散见于《中国诗歌》、《作品》、《星星》、《风流一代》等。获第六届中国校园双十佳诗人奖。

大树的诗

制帽厂女工

制造一千顶帽了,不过是从
身体里掏出一千次
缠好的光阴,缝进帽中。
苦闷随线而走,电流般飞逝。

对于速度,我曾见过汽车的。
那更像是一阵风撞入
另一阵风的内部。
也如同我初来乍到的陌生,
被一群崭新的陌生击退。

在机台与机台之间,我自由地走动。
无数个旧我一遍遍将新我推出,
我使我,成为她们眼中新颖的部分,
暗自窃喜:一群孤独的船只,
望见了新的帆影。

一个扎着马尾的姑娘,在纸盒

灰色的那面，画出濒危的花朵和手指。
因喜悦而涌来的绝境，扑向视野一方。
沉默，如死亡的暗铁。一束
绚烂的纸壳花，献祭于
冰冷的机台无风自舞。

这些用帽子抵抗时间的斗士，
已经久久没有春天。
但我还是没有，为磨难而忧伤，
我和她们一样年轻、一样孤独。

在祥华丝绸门口

看到鸟雀回巢，
忽然心中不忍。
我们若能倒退该有多好。
从祥华丝绸，退到缫丝工厂、刘塘桑园。
从一匹布，退到一只蚕。

桑叶间吐丝，作茧，接纳
会飞的灰尘。
更远、更广泛的宿命是：被投进
滚水。机器咬住丝头，拉出
千米之外的一端。

此时谁也说不清，一只蚕
或一只蚕蛹的悲痛。

车间，热气弥漫，机器长鸣。
抬头仰视仓顶，没有异物

飞行。而水中，无数开腹的茧
正在漂浮，越透明，越无辜。
工人们把蚕丝搬到对面的屋子，
织布机在那里吐出丝绸。

当一根蚕丝涉及另外一种伟大，
人世对桑蚕的误会，也进一步地加深。

请你记住

很多人爱过就不敢再爱了。
写完这句，爱，就要中止。
我也转向冬阳。
阳台空余之所，有鸟雀暂停，
寂寞的瘦影有如遗物。
而风，也翻飞如鸟。

光阴被尘埃推远时，你说：
"一个人若为另一人所困，
就会变成玻璃。"
我把手掌贴于窗中滑行，
开始设想两块孤独，
擦出沙子的
碎响。

颜彦

1995年生于湖北荆州。作品散见于《中国诗歌》、《芳草》、《汉诗》、《人民文学》等。参加第五届《人民文学》新浪潮诗会。

颜彦的诗

年幼记

芝麻、花椒、辣酱都摆出来晒
花椒叶子剪碎,摊麻痹舌头的咸饼
剪刀笨重易伤手,须小心谨慎
但留下疤痕也不必沮丧

起风时,我的左手洁净如初
我的右手布满阴翳
太多的事情曾侵蚀它
尼古丁染过、烛泪滴过、油溅过、
石子砸过、老虎咬过、男人的手摸过

这与我的乳房保持一致
左边刚好用一只手来粉饰,右边
略微膨胀

我饮下露水和清茶来追逐童年的红蜻蜓
又掺进烈酒和落霞把这膨胀
无限放大成,呱呱坠地时的啼哭

旋转经

——过泸州,兼为熊芳、植被、左手

四人推窗
盛世敞开
闪烁脸谱的林间我会摸索到什么
我在万花筒里
很久不见昨日之燕
它谅解眼中看不见的数天、数年
它飞出弧线
酒窖、油纸伞、橘子透明着
雨丝清亮
持杵者在天边捣衣
对面亭台不在对面

悬挂经

这些天想念母亲所烹鲜鱼汤
梦中返回城墙内捡回涣散神识
我何时打碎了它们
放任对面布匹永远瘫软
扒光了衣裳地哭,沐浴时哭,在荒野里哭
我把自己吊在城门口严刑拷问
雨天湿透的白球鞋不停淌水
还有什么可说的吗

半月前我在纪山寺仰望炼丹炉上燕子窝
从裤兜里变扑克牌，凑不出一整副
少年时代的语文老师仍在黑板上写字
他以微醺状态背对我，他在行书里怡然自得
很多年压缩到瞬间
我悄悄抵达座位时刚好迟到

采药经

笙吹出高于想象的雪花，我踮脚行走
松间童子此刻挑选哪扇空白？

地下铁扶梯口的卖艺者、小商贩
男人戴墨镜，女人捧瓷盘
容器缺角皆具转移性，葡萄柚探寻竹筐罅隙
硬币、纸币碰撞之间人群拾级而上

因身患顽疾我隐身于此，渴求减速的火焰
"电梯的功能是加速，不是代步。"
阁楼下外婆的咳嗽掩盖集市喧嚣
卷轴门的铁锈擦过雾气：启蒙的红、启蒙的永失

阁楼书柜旁蛛网粘连时辰和节气
我若归来，须怀揣穿山甲、合欢树、情书
我若归来，从不质疑你斗篷生萱草，胸口养小兽

从安

本名李啸洋,1986年生于山西右玉。北京师范大学电影学博士研究生。作品散见于《诗刊》、《星星》、《中国诗歌》、《诗歌风尚》、《诗歌周刊》等。获第八届首都高校诗歌原创诗歌奖、首届"金光大道"全球华文校园散文诗奖、第六届中国校园"双十佳"诗歌奖、《扬子江诗刊》"朵上·一首好诗"奖、岑参诗歌奖等奖项。

从安的诗

茫石帖

不要追问。要等,
要等很多年,石头
才会相信石头。遍野的石头
被大风啄去僵硬;被相信的石头
拖着淤青,把自己打成一道死结
化成沙粒,化成汹涌至虚无的尘
坦然接受刀剑的凌迟。一路
撤退的牙齿,对溪水
避之不及。与温柔聚集的刹那
掏空心悸,也泯灭悲喜。
盲人说,石头是风最后的住址
胡天蛰伏在北方的巨石里。在黄昏
坐定,我也成为石头的一部分

杨梅述

他磨好砍刀,敲打一树鲜嫩的

杨梅。扑簌、扑簌，连枝带叶
连同尚未出嫁的花朵
一起卷进自行车的链条里。
他和她合力撼摇一株杨梅树时，
悬在屋顶的圆灯
忽明，忽暗。

忽明，忽暗。
渔船传来收网的号子声，一阵黑一阵白
如眩晕。如痴。四肢掉进雾里的人。
钓鱼人手中的细线一直在颤
要来了，大鱼要来了，他说。
游。大鱼在她身体里着陆的时候
他浑身发冷，双唇沾满海水的潮腥

石头经

世界靠石头来加深自己
刻，凿，雕
在铁器里剃度，石头
方有了佛的肉身
是身
在寻找身外之身。
石头的一生是硬的。甚至
秘密，甚至欢喜
都安然于平缓的脉象
大水灌岸

淤泥里的石头怀藏冥定的玉
而不安
是给石头赋形的人

春

一群花豹逐着春的体味
一只猫轻饮月光
一道雨流过季节的血脉

薄荷融化了刚烈的沉默
把种子与光辉埋进土里
风筝的线　良久沉思

花下有人饮马
枯木已藏好复活之心
水从冰中死里逃生

一场雨
将鼓声变成空疏的心跳
一寸 一寸
渗入无根的身体

宋阿曼

本名宋晗,1991年生于甘肃平凉。西北大学文学院中国现当代文学硕士研究生。作品散见于《诗刊》、《青春》、《飞天》、《延河》、《中国诗歌》等。获首届嘉润·复旦全球华语大学生文学奖、陕西青年文学奖等奖项。

宋阿曼的诗

我有一百种方式离开

期限已至。有许多落脚处,我选择了一条
最能赚得眼泪的。路最长,最蜿蜒,最能把
相爱过的日子,一脚一脚踩进泥土里。
我愿意多耗费一些时间,在你眼皮底下
有点折磨地,慢慢,消失。北风催逼,
洗刷掉荒原镀上去的,回春的颜色
露出徒劳。我回头望你

水花四起,最无心,最平凡的瞳孔
在猜我是有什么目的吗?
银杏叶子掉落时这么想,落日湮没时也是
没错。和它们一样,目的在一开始
就完成了。结局是开端设定的。
我离开的决定,在相遇时便已降临
早或晚,为善或作恶,都无法用他物抵消
我的抒情不够慷慨,或者悲凉显露不足
但我离开你的方式,也是,你正在离开我
那势不可挡的风,掠过你,掠过我,掠过它们

明月夜

我们谈谈痛楚。晚风里有口琴声
来美化这场命名仪式。我们的苦涩
来源于理解。我可以理解那些
你不想说出的,风筝线你还牵着吗?
世上的快乐太多了,于是你更加警惕
柔软的丝绒面料,梅子色的口红
还有过度的表达。你怕每一个凌晨
它们将衰老挂在窗口,谁望
谁就沦为时光的冗余。献出一滴泪
让裂口返潮,我想过重新缝合
肌体上所有的不知所措,麻醉药效该过了
你知道的。遗憾像无形缠绕的蛛丝
困住的,是许多微妙的东西。
证物已被破坏,须拽住沉默者
世上快乐太多,我们得谈一谈痛楚。

黄金分割

我无法朝你再走一步,也无法
把话都说出。亲爱的,我是星辰
幽微,出于美。但距离的忠诚度
像我们的礼貌用语,无法敞开
这一度使我对造物的用意感到迷惑

为一个人下场雨,是妖魔作乱的时刻
人口失踪的时刻,获得喜悦——
五月的午后降临的时刻

流星雨之夜

渐而消逝的云雾,纰漏所有光源
夜晚保持了清醒。宁静被拂去
四月的微风在穿梭中致意,美好的都在变更
轨道,善意的距离。一切途经都是寄居
成群的途经,我们从未停止辨认
我要的,是哪一个?木星已经偏西
稚童举目,眸中水,等待收获
太多这样消逝的,又重新这样降临
离众的零余者,撞击最后一段命力
无目的而洒脱的耀眼。黄金时段的亮星
向我们奔来,幽独是最后的办法
它们在竞相做旧,变成昨日的报纸和未抓紧的
爱意。那不用辅助物的璀璨,使人洁净
继续保持清醒已是不易,迷旋的络绎的憾
银河也做退让,给倾巢的精灵,以全部虚空
流转的穹顶是全部真相所在,光已经抵达
渡口,像河流暗藏的另一条岸。
趁露水尚未睡眠——应有之美都在目击
我们趋近,便不再有其他祈求
下起了雨。

王家铭

1989年生于福建泉州。作品散见于《诗刊》、《诗林》、《西部》、《十月》等。获樱花诗赛一等奖。

王家铭的诗

在嵩北公园

请跟随我,在前寒武纪时代
一点儿油迹洒到的衣袂里,在岩层进化为煤炭
野獾出没在积雪的奇迹中,那新踏进的领地,
山韭和蒿刺蒙住了邙岭的眼。上坡的路,
那是我们的虚荣,像一曲挽歌被琵琶弹奏——
她呵气的动作,仿佛在河床里摸到了鹅卵,
提醒山顶微寒,耐心要被消耗掉。
于是松果滚落我们的脑海,快步向前,
追上想象中的
自己。剜开来白石流淌的路径,在摇摇
欲坠的嵩顶北坡,危险的高点,
梦的止境,和峰杪一道克服恐惧。
然而我的一生不是第一次
登临,今天终于被懊悔侵占。相机败坏了
我们的痛苦。至少是我的,体内的草垛,
残茬围成的盛宴,对命运的揣测无声息,
无可望尽的远山包围了村落。下山经过道观,
藜棘勾在裤脚,奔涌的琴弦,早已回到人间。

返程的列车呢,我跟随你。何处停靠,梦无声奔驰;
等小雨初下,有多少变幻,远远超出了
我们知道的世界。

在海淀教堂

四月底,临近离职的一天,我在公司对面
白色、高大的教堂里,消磨了一整个下午。
二层礼堂明亮、宽阔,窗外白杨随风喧动,
北方干燥的天气遮蔽了我敏感的私心。
——我不确定自己是否用对了这些形容,
正如墙上摹画的圣经故事,不知用多少词语
才能让人理解混沌的意义。教会的公事人员,
一位阿姨,操着南方口音,试图让我
成为他们的一员。是啊,我有多久没有
参加过团契了。然而此刻我更关心这座
教堂的历史,它是如何耸立在这繁华的商区
建造它的人,是否已经死去,
谁在此经历了悲哀的青年时代,最后游进
老年的深海中。宁静与平安,这午后的阳光
均匀布满,洗净了空气的尘埃,仿佛
声音的静电在神秘的语言里冲到了浪尖。
这也是一次散步,喝水的间隙我已经
坐到了教堂一楼。像是下了一个缓坡,
离春天与平原更近。枣红色的长桌里
也许是玫瑰经,我再一次不能确定文字并
无法把握内心。我知道的是,

生活的余音多珍贵，至少我无法独享
孤独和犹豫。至少我所经历的，
都不是层层叠叠的幻影，而是命运的羽迹
轻柔地把我载浮。此刻，在海淀教堂，
我竟然感受到泪水，如同被古老的愿望
带回到孩童时。或归结了
从前恋爱的甜蜜，无修辞的秘密的痛苦。

夜　雪

应该预感到，车辆和行人稀少，
归程被阻隔成一个秘密。
公园外，湿漉的地面漂浮着犹豫。
只剩下杉树，自身的寒气被针对，
像野兔子钻进了公寓。

应该分辨不同颜色的时期。
今天是灰白，如腹部的思想
凝视我，把我引入男学生
女学生的旧途。说话时，
枝上落下来我们敌意的世界。

水滴周旋在银杏果，又加强了
身处此地的惶惑。应该不应该，
都是深情的面孔作祟。我让自己
坠入内衣绷紧的虚空。那秘密的
白点，涣散着我们肉体的初衷。

余榛

70后,广东梅州人。诗作散见于《诗选刊》、《绿风》、《飞天》、《芒种》等。获首届仙女湖杯全国爱情诗大赛二等奖、第三届观音山杯美丽广东诗歌大赛二等奖等奖项。

余榛的诗

瓦片传记

瓦砾不会计较,与陶土的关系
它们在大腹便便的窑中
受到火光轰鸣
而我们需要了解的是:一脉相承的土
以什么角色,覆盖在屋顶上

它们的颜色发黑
天亮以后,才敢面对光明
那时,时间被钉在墙面
我被允许,哇哇大哭
说出最小的词汇

或者说是声响,唯一可以接近的事物
就是,抬起头欣赏瓦片
那些暗黑的、细致如发的教条
在屋顶的缝隙,流动的光中
毫无保留,漏下来

对于时间，我很惶恐
并做出无声的抵触
墙上的秒针，像移动的地平线
用我完全听不懂的语言
带走了，黄昏

眼睛里唯一存在的符号是
日历，一连串的
阿拉伯数字。子孙在日新月异里做着
加减乘除，姓氏画出
锦绣前程或腐旧的图版

在春天，尘世纷乱
河水奔波，大雨倾盆而下
阴阳在内，草木抑屈而起
传说，瓦片编写天干和地支
操纵着葱笼的人世

虚掩之门

就这样，经过一扇门
从缝隙里漏出光线
它有权保留自己内心认可的事物
门外正暴露黑暗
它漏出光线，想透露一些信息
等待、期盼或者是
直接到达未知的世界

明天毕竟又是一个明天
众星已寂静
它仰望天边,唯一的启明星是如此明亮
大鸟准备高飞
天空每天都从一个模糊的开始
到湛蓝、透明、纯净……
有生以来的命运是关不住的
它需要一双破解密码的手
它需要你轻轻一推
它这捻了一辈子的坚守,就会全身瓦解

最后一滴眼泪

大野在外,眷顾着山高,眷顾着水深,眷顾着云海
大西洋眷顾暖湿气流,我眷顾你的眼泪
一颗一颗的念珠没有体温,就好像
你一滴一滴的眼泪,没有来处

当湖水吃掉鹰的影子、草木的影子、毡房的影子
天吃掉水的影子,遍地黄花吃掉日晷的影子
牛群漫不经心地来到湖边
低头吃掉自己的影子
最后,赛里木湖把自己高悬于西天山
断陷盆地中,蓝宝石似的
内心世界。荡漾着一段
忽远忽近的牧歌,唱响关外

贾昊橦

1994年生于甘肃平凉。作品散见于《诗刊》、《星星》、《中国诗歌》、《天津诗人》等。获淬剑诗歌奖、包商银行高校征文奖。参加2017年《星星》大学生诗歌夏令营。

贾昊橦的诗

枯木寒鸦图

鸟鸣,是一只鸟的边境。
而在纸上,
你必须死死绷住
这一声长啸。

墨,被一再敛紧。站久了
它是——
古木上的,最后一片枯叶。

"其实,有时候。是想哭出来的"
一张纸留白的那部分,常
迫切地,使它
想哭出来。

"其实,这一声,放出去,再收回来……"
青天使劲地往上——

"收回来,也不过是

把一张纸的空间
严厉地,再灌入喉中……"

不安之水

在故乡,庄浪。倒掉一碗水,你说。它会不会
借此,向东逃去
一碗泼出去的水,它把自己想成一条河
使劲地,使劲地在黄土上蠕动
我,久居地理上的高原。二十年,怀疑所有的水
把自己想成一种瓶子,把头颅骨拧紧了
拧紧了活着
用井,用桶,用洼,用舀,用捧
用接,用歇斯底里的喊
去活着
二十年,我与这流逝之物的对抗一直在
持续着
比如,一次次从滴答的夜晚醒来
比如,一次次发现,水缸里的平面
竟然在
微微地倾斜着

空吟记

倘若一只蝉,经过轮回
成了梧桐树上的一枚叶子

那么,你能否
分辨它的聒噪,你能否捉住
残留在它体内
虫的成分。风一过就沙沙地响
这厮,真是不耐烦
寒冷的时候,我将它捡起。对着呵气
呼,呼——
这蜷缩之物,你又能叫它什么。此时
你只能,将它比作枯蝉

飞鸟啊

扁平的石头涉水远去。忠厚的石头
终日,不知所踪

切断湖面的力,与垂直
掉落的力
喊出来的涟漪,彼此相互折磨着

湖面是乱的——
没有秩序
于是,你回到了十多年前

"飞鸟啊——"
你的这一声很轻,几乎贴着湖面过去

马映

1992年生于陕西合阳。作品散见于《飞天》、《延河》、《延安文学》等。有作品收入《新世纪诗选》、《2016中国诗歌排行榜》、《青年诗歌年鉴》等选本。当选第二届淬剑诗歌奖十大女诗人,获第二届全球华语大学生短诗大赛年度诗人称号。著有诗集《方生未生》。

马映的诗

瓦 片

你也别怕。
既然帮祖母晒过棉花
就有恩于雪。必会分到一些白
再不济,你还有洁净安宁的爱人
有悬挂风口也猎猎作响的良知

她们都和白有关。
如果你赞同我说的
就从屋檐爬下来。呶,木梯就在脚边
昨晚。雪刚刚催眠了瓦片,祖母

你不要在高处哭
不要惊动她们

罐 子

绿领子的女仆擦洗着茶器

颈上之白指向坊间大雪。
树脂色的光观照着她。她能看到每一只茶杯历经的宴会

宾客在她四周落座。
她感觉他们都是不同形状的罐子
人间都是行走的罐子
他盛着伪蝮蛇。他盛着星光

哥哥说，家里的小羊死了
她便听到清脆的罐子的破裂声。
罐子们都推搡着去了阁楼高处
她倒很愿意在林中空地上

认真空着。一两只飞久了的罐子眠在她肩上
她感到，空的叠加

之　下

并排睡着。四周皆黑
我们像是睡在相邻的两口棺材里

这样想着
便感到蠹虫咀嚼，棺木疏松。
几只透明的气泡小鬼发出咩咩的笑声

火成岩在闭门静修纹理，发力酝酿着火焰
我每咳嗽一下，樟树的根就停下漫展

顿一会儿

故去的亲人游过来
轻叩棺门,向我问询凡间烟火之事
夜深了。我们对饮了一杯又一杯地泉
打着哈欠。等待人间破晓

垂　落

描画远山远水
不如临庭手植白茶花,燕草
就近斩获其神:以此通达你

也要身试足够的危险
至少要保证,向你剥开故我时
镇定平和。保证你闻到的都是蔗的甘味

也要缄口如你额下的两座深渊
只在恰当的时候说:

爱。待它再也无法在舌尖站立
才允许垂落。

你知道,枝头无法长久地留住果子

赵桂香

80后,河北衡水人。诗作散见于《中国诗歌》、《零度》、《作家周刊》等。

赵桂香的诗

寻梦人

醒得比鸟儿还要早的清晨
我用力去捂热一个城市的名字
我不断地与市中心的高楼对话
与广场的花草对话
不断地用流光溢彩的磨刀石
逐一磨掉自己的乡音和乳名

出租房门前的白杨又高大了许多
终究还是追逐不上
一栋栋拔地而起的商品房
我越发地感觉到,抬头仰望的不适了
鸟儿归巢时
总有暮色从身体里升起来
这一再让我想起家乡
田野上的枯草
风一来,身子便不由自主地
一节一节
低下去

和这个孤独的舞台交换完
最后一次呼吸
我和满地翻滚的落叶紧紧拥抱

那些能够说出的都不叫疼痛

一场大火
收割了柱子家的麦田
柱子娘蹲在地头上
空洞的眼神里
柱子爹那深不见底的药罐子
不见了
柱子被生活追杀掉的残肢
不见了
柱子弟弟的婚房在她心上掏出的窟窿
也不见了

火花串联到她的眼里
远远高于火葬场火化炉里的温度
没有一句哭喊
没有一滴眼泪

我想，此刻那些能够用语言说出的
或许
都不再叫疼痛

木命人

娘说我是木命人
我不信八卦,不懂命理
却就势
顺从了娘的说辞
以一颗草木之心
找寻一片起身的土地
发芽,生长,枯萎,返青
一切无声

翻开节令
接受阳光,雨露,锋芒,斧头和
软硬兼施的生活
在自己的体内播下火种
也为自己挖掘深渊

时光如一枚枚钉子
会一寸寸揳进岁月深处
和我的体内
我不知
哪一道年轮的拐角处
我会变异成一口棺木的样子
而
在火焰上舞蹈
是我唯一的选择

郭云玉

1995年生于河南柘城。就读于郑州师范学院。作品散见于《苗山文艺》、《中国·诗影响》、《长江诗歌》、《宁河工讯》、《七里海》等。

郭云玉的诗

望别离

我所望到的地方都叫尘世
如村庄的野地,树梢的麻雀
路口发疯的流浪狗
狂欢的人,戴着一只只雪白的口罩
在雨还未下至的地方
矢口否认落花

我们都是远道而来
目光所及之处,就是枯草和野蛮
我也慢慢开始倾向于未知
山川、楼阁、暗石以及火焰
或者各种更微小的东西
请原谅,从今而后
我将和许多事物
学会——告别

父亲的白发

我总是会和父亲谈及远方
谈及一树梅花,还有黑白相间的雪
谈至兴处,我们就会喝酒
大口大口地喝,他不善于用酒杯
酒杯哪有对瓶吹来得痛快
其实我明白只有两瓶酒
他喝得快,我就会喝得少一点

父亲也越来越容易醉了
而我已不是那个只躲在门后
偷看他独自品酒的孩童
站起身后,我对着漫天大雪端起酒盅
仿佛这样,就能有意无意地忽略
父亲头上的白发

和你谈一谈这个秋冬

我如今是轻的,已谈不起
这个负重的世界
所以原谅我也迷信距离,走进你
和你谈一谈这个秋冬
谈一谈,悲喜的赶路人

当然,我们不谈沉静的草木
春天的旅途,我理解你的忧伤
是恬淡而安静的
作为一个与人间背离的人
我想我没有资格,说出更多的事物
譬如微风,藏在心底的柔情

如果——我说如果有一天
我心生斑驳,是病中之病
你不要用一腔厌恶来回应我
和我谈一谈这个秋冬
谈一谈米酒,浇活我冰冷的骨头
哪怕我的爱——如此狭隘
又如此悲凉

刘浪

1992年生于湖北广水。作品散见于《星星》、《草堂》、《山东文学》、《天津诗人》、《椰城》等。有作品入选《中国90后诗选》。

刘浪的诗

独　居

她把一盆吊兰镶进窗户，并顺手
从狭长叶片的边缘握住几束光线
"这是温暖的。"她说。而她的全身正浸在
一滴深秋那么大的露水中
整个白昼将由这盆美丽的吊兰盛开
天空沿叶脉上升，城市在它低垂的弧度里
它的叶子，一种修长的安静（尽管那上面
曾栖落过她的笑声），有的伸入闹市，有的
连接起楼房和远山，而其中一片
在她的一瞥中，将长长的、绿色的航道
铺设到天边——那里
一只灰雀飞来，在她的两次失神间
轻轻跳跃着。它悠扬的鸣啭几乎
煮沸了屋里的空气，而她裁下
这歌声的一角，做成她越冬的寒衣

刘浪的诗

万物扎根于我

雨后,一只鸟飞过来
在我的脚印里喝水
我的呼吸被一群灌木争抢着
当我转身,衣袂带起的风
将帮助十万朵蒲公英
找到来生的家——
一定还有谁,在我的一举一动里
汲取养料,并不为人知地打开
我生命深处的矿藏

听　雪

雪听不见。我们听见的只是雪
压断树枝的声音,摩擦车轮的声音,以及
雪抱不住雪从高处粉身碎骨的声音

雪的飘落,无声
雪飘落在雪上,聋在叠加
雪是一个向下的、使世界安静的手势

在雪天,我们的谈话总是三言两语
就被雪压断。一些话语的树枝
掉进炉子,拨旺我们心中的火焰

素　描

日复一日,他在纸上观察
那些线条的生长,它们延伸、分叉
超过了他的画笔的速度,像蜂拥的树枝
挤向我们看不见的光——这些线条
有着非线性的逻辑,他想。他摸不清
美的下一步走向,但的确有什么
在从这黑色而盲目的缠绕中苏醒
就像这个早晨,他在烟灰缸、画板
和九点钟的环绕中,看见神在自己身上的
又一次降临

流水赋

布谷,青蛙,流水……
他听见,流水的声音始终位于最低处
犹如隔江人的高喊到达这里时
所发生的轻微的偏移

吕达

1989年生于安徽太湖。作品散见于《诗刊》、《诗歌月刊》、《扬子江诗刊》、《绿风》、《草堂》、《中国诗歌》、《黄河》等。获2016首届中国青年诗人奖等奖项。

吕达的诗

有夜当如此

临睡前我想再读一遍你的诗
但要跳过涉及过去的那几行
未来在你的笔下不值得期待
没有一张书桌真正安稳
我扭过头去看来时路上
那些把我们分开的小径分叉
想象万一某天我们和好
寡言的时刻也许会更多
就像这首十行的小诗
其实是我内心千言万语的另一种形式

纸短情长

在天涯的两端,我们相爱;
用高于语言的语言,我们相爱;

雪意始于秋阳

寡言缘于内心的波浪

如果有一天我沉默
请去读我年轻时的诗
我爱的时候没有言语
只有道路

湖　边

肩并肩紧挨着
我们坐在幽静的湖边
月儿升上树梢
湖水温柔地覆盖着湖岸
你坐在我旁边
手指恰到好处地放在我的肩上

在可以称道的年岁里
谁不是过着寂寞无名的生活？
而如果谁真正爱过
就不必疑惑如何写诗
也不必担心人生的幕布一天降下一厘米
心中的孩子还剩多少

不是所有的问题都有答案
夜色自顾自流淌
你的黑眼睛在闪烁间
不经意献出了你所能理解的全部柔情

湖风吹凉了你的手指
我想重新确信爱与牺牲的道理
告诉那些正在相爱的人
一生不会有几个这样的夜晚
或者最好的献诗是
用我的手去回应你的手
像古老单调的牧歌里从来不曾唱到的那样
像那些故意被拖得很长的字音
只是为了让听者在月色下
忽然也有了应答的心

明　暗

黑暗可以生出光明
譬如花朵来自泥土
譬如童年来自无人之境
不属于我的良田、晨星和屋顶
譬如上帝少给了我一半的天空
好让我把全部的爱献给另外一半

生活不是为有柔情的人准备的
耶稣背过的十字架，不是我要背的那一副
我的那一副是盐酸氟西汀
别名爱情

命运之箭射向我
我几乎两次放弃同一个世界
又几乎两次爱上它

扶摇

本名何慧宁,1996年生于陕西汉中。作品散见于《山东诗人》、《中国首部90后诗选》等。

扶摇的诗

黑白影像

投影仪上放映着黑白电影
然而黑不是纯粹的黑
白也不是洁白

一时间让我想到了
被放置在阁楼许久的
黑白电视机

我们会坐在木质纹路清晰的板凳上
看完一集电视剧

那时候人在举手投足间
散发着年代感
人人路不拾遗,家家夜不闭户
我尚不懂柴米油盐的意义

山下一角

我看见两只手松开逃出的音符
民歌里的那些人,敲击窗户前的鼓
繁茂的树叶褪色
更像是季节的落跑者

许多好天气把大批果子送走
牧羊人把羊群赶下山坡

我在一条路上怀疑衰老
尽力对新的事物保持好奇
诸如,返青的麦苗
未曾露面的阳光
仿佛什么都是柔软的
随一枚松子老去
本身就是遥不可及的事

我对万物保持悲悯
不过度沉沦
南山前
有人放牧,有人收割

虚 构

桌上的纸张躺着,它们洁白
过于矜持,还未陷入爱恋的荒山
就一次次滑落
为了捏造更多的暮色
一生都在万劫不复
"你要承受你心天的季候,如同你常常承受从田野度过的四季"
把老去之物的咳嗽
看成一种寄托
你看,水面的旧木船开始摇曳
麻雀衔来枯草
流浪汉走在昨日的路上
万物各司其职
从不懂悲伤

无 常

你有那么多新鲜的过往
如今老有所依,孤独在隐喻里躲着影子
它们如同失修的房子,承受灰尘
暴雨和腐烂的恐慌,从未有一刻停止分娩
也深谙离经叛道的代价
你拐弯又直走,成为了越来越庞大的迷宫
你喊的每个陌生名字,都有坠落的嫌疑

秋子

80后,湖北人。著有诗集《动物之歌》。

秋子的诗

桂子山

这是我最爱的季节
仿佛,我能从尘埃之中,步入一片
洁净之林
前方是此起彼伏的花香,降落
深入肌理,每一树果实都隆重,安静
充实,如同圣物
这枯朽前最后的生机
这完美之中的完美
忧伤也得到洁净
仿佛,所有美好过的事物
再次呈现

信　仰

有些瞬间我想
孩子,那个遗憾也许我是能承受的
那个关于生命的遗憾

只要你的小拳,轻轻一握,只要你,张开双臂
只要你叫一声,妈妈
我准备好了随时去哪儿,去那些地方
不再回来,或者,哪儿也不去
我不再是任何谁,人世间的一切都显得虚无
只有你的呼吸,浮现
穿过你的那些,穿过我

加　持

那秃秃的铅笔因为是你用过的,我觉得可爱
那橡皮擦上有你的口水
那皱巴巴的纸被你的小手掌抚过
所有的小衣服因为被你穿过已不再只是衣服
小鞋子摆放在门口,是美好的静物
我置身于这些光中
一次次质疑你,否定你
都抵消不了我一次次,涌向你
你有两个妈妈,一个动用身体
一个动用上帝

A 大调单簧管协奏曲

黑松在黑夜中仿佛守夜人
它的头顶是星辰,脚下是大海
更远的地方,有一座灯塔

他记得
那天,他们沿着松林走了很久,很久

她穿长裙子
脚步很轻
她反复说着"快板""慢拍""小调"……
她回头看向他。
"我将用这首音乐,作为我的葬礼音乐……"

她的脸上,带着一种去往天国的
微笑,她身后
黑色的松林在星空下
延伸

白左

1991年5月生于广西桂林。作品散见于《诗刊》、《星星》、《青年文学》等。

白左的诗

时钟之刑

1440 圈
这是墙上的时钟一天里走的

这个房间里从不气馁的活物
它在墙上挥着无形的刀

你不能讨价还价
每一刀都是公正的
包括那些落在你身上的

你早上出门
晚上进门
不忘看看手中拎的东西
有没有哪一件显得
比较无辜

这么多年来你终于
舍得责备自己

这么多年来
你牵累太多
你的肌肤和心脏
都很享受每天 1440 圈
里的 60 刀

临端午，靠山

山上露水厚重
鸟声轻重无序
下了一场饱满的雨
下给北方的黑土地
植被要茂密

早晨的街道
叫卖烧饼的过了
叫卖豆腐的过了
叫卖粽子的正好过来

是竹扁担
也是竹叶
是糯米，
盐和糖的比例不一样
一般纯白的食材
养胃，悦目

见纯白之物而纯情

敢和一切陌生沾亲带故

类似这样一觉醒来
见到一个屋檐下的另外一个女人
好像遇见生母

度　日

在北京
冬天过后就是夏
棉衣和短裤打了个招呼
裙带之间有不甘和警告
却从来没有机会在同一身体上博弈
这是个规规矩矩的地方
环与环间没有仇恨
车水马龙，
慢慢地，慢慢地
磨灭了心急的人

平常人
有爱，有恨

新闻令晚餐有些嚼头
早餐是没有故事相伴的
午餐很中肯
咬到一粒沙
就咽下去
什么都不必说

左手

　　本名王华，1991年生于湖南武冈。就读于重庆大学建筑城规学院。作品散见于《中国诗歌》、《星星》、《诗刊》、《作品》、《诗歌世界》、《诗选刊》等。获第六届、第七届包商杯全国高校征文诗歌奖，第四届全国大学生野草文学奖，第三十三届樱花诗歌奖等奖项。

左手的诗

影 子

午后,我将影子留在房间
他倚靠白墙休憩,睡成一个黑洞

窗外,太阳的影子很薄,很亮
我的影子将比我活得久
这我必须承认
直到肉体成熟,影子凋落入土
他的骨头格外白皙,他是不死的
如同一枚私人落款印章
将灵魂彰显得真实而立体

分手之后,我们形同陌路
我与他同时成为世界上最孤单的人

抛拣石子

放学归途中,小学生们弓着腰
一路寻找温柔趁手的石子
黑色柏油马路流淌成一条暗河
石子镶嵌其中,如同微弱的星辰
大货车压过的轮胎印清晰可见,鞋印也是
如同复杂的狮子座星系

日头尚未迁入西山,果树羸弱
水稻田蛙声稀疏,草蜢静如草叶
三个、五个小学生弓着腰
攒齐七颗石子,他们就围着田野坝头
一棵浓密的白杨树,玩抛石子游戏
让石子上花轿,下蛋,化身一个家族
让石子在小小的手掌上,活着,修炼武功秘籍
让石子过桥,入洞,上天,坠地
如同抛接七座矮矮的石山,或七块无字石碑

直到暮色四合,大人收工
举着竹篙火把,走在水渠细细的黄昏之上
远远唤他们归屋,那些年
每个午后,他们抛啊拣啊抛啊拣啊抛啊
这一天就算过去了,这一天的石子从不留到明天

四月物语

你晓得四月的哨音哪样张开唇片豁口
又哪样穿过身体,沉降林间
你晓得纸扇上清淡的游鱼哪样吐露气泡
也晓得它们哪样放逐溪水

纷飞的黄桷落叶沉降黑水滩河底
一片片清澈美好,如同走错片场的秋季
长着四月缤纷的样子,你晓得水花
生着处子静坐的样子,你晓得鱼群

藏着幽灵漫游的样子,你晓得岸边巨石码头上
捶衣的女人有着母亲的样子
也晓得滨水客栈窗口每一张蛛网
悬满细细的水珠,这些小情愫有着潮湿的出处

晚风衔接过来四月的橘花、山丘以及黄昏
你晓得陈年果酒哪样独自幽静
就像往事,蓝蓝的亮亮的那么沉醉
散发着廉价消毒水的样子

阿天

本名王顺天，1995年生于甘肃积石山。作品散见于《诗刊》、《中国诗歌》、《星星》等。参加第二届甘肃青年诗会。获第六届中国校园双十佳诗歌奖、第四届全国大学生野草文学奖邀请赛诗歌组优秀奖、第三十四届全国大学生樱花诗歌奖等奖项。著有诗集《轻微之美》。

阿天的诗

与己书

"你无法像这条河流一样浑浊"
在黄河边,你第一次说出这句话
我们仰天大笑,却没有出门
藏在唐诗里的月光正在照耀着我们
还有更晚的风吹来
我们不再惧怕寒冷
无非是让想象的大鸟再落空一次
在黄河边,我们看不清彼此的眼睛
像两条蛇在暗处
等待,这迷人的,有毒的,黑暗的
星空,是你一生的追寻吗
我们互相质问,像两名拔出长剑的武士
剑身的寒光让彼此冷静
眼睛里的水,在生活中化成一条奔腾的河流
大大小小的石头承担着命运里的
重量,而石头,会让语言更加坚硬
你不能赞美,也不能诅咒
你说天空有天空的宽阔,蔚蓝,阴雨

你也有你的深渊、想象和软弱
解构一个没有月光的夜晚
让词语更加黑暗
虚无的航行
像一张古老的地图，延伸或消失
都会让旅途温暖而湿润
你要面对不同的墙壁
碰，用一个动词的力量和一颗真诚的心
破碎无非是对无数墙壁的回应
像一朵失声的云朵碰撞天空
你也要碰撞自己
面对命运时的羞涩
在天空中移植云朵
下一场大雨，淋湿草地和牛羊
还要淋湿归途中的自己
你说：要保持心中的火
燃烧或者熄灭
都会让此生不再黑暗

孤　独

无人独坐
无人和你并排独坐
空气面对失声的墙壁
你面对沉默的肉体
谁更柔软
比喻无法到达的
深渊，词语也不能

空空的房间
你在心里种植雪花
下一场鹅毛大雪或者
白雪,封住眼中的黑暗、痛苦和光亮
刺骨的寒冷
都会让此生不再怀念

孤独
你要爱,像雪花一样洁白
你也要恨,像墙壁一样无声

在风中

我感动于雨水滴落大地,湿润草木
感动于羊群漫步旷野,有关辽阔
感动于一朵蘑菇隐居山林
缘于晨雾中的恍惚
感动于那把生锈的斧子
被一个男人拿起又放下
在午后,我感动于一个修行的喇嘛和三座佛塔
眼神里的神秘
感动于那个头戴毡帽的牧羊人
占山为王,挥动袖口的长鞭
驱赶落日、云朵和沉默的羊群
春天,我感动于词与词之间的温暖与舒缓
一株年幼的小草
在春风的刀口屏住呼吸

陈安辉

70后，笔名安安静静，生于新疆，长在四川。诗作散见于《星星》、《绿风》、《安徽文学》、《泉州文学》等。作品入选多种年度选本。获全国乡土诗歌大奖赛优秀奖等奖项。

陈安辉的诗

你的名字

我轻喊一声你的名字
你长长的睫毛微动
一缕清风从黎明枝丫间滑过

我再喊一声
你睁开眼睛
黑漆漆大地也跟着醒来
万物在你的眼中光影流动

我又喊一声
你开始扭动腰肢　河面解冻
流水潺潺　万物复苏

我又喊
你双手摆动
群山摇晃　江湖激荡

我再喊

所有稻田里的稻草人都站了起来
大地丰收在即　麦田被小心守望

我又喊
整个冬天为你堆砌的雪人
纷纷脱掉外衣　冰雪消融

我不停地喊
喊满一百声
你就怀揣着一颗玲珑剔透水晶心
从人间走了出来

现在　让我带你回家

九月　重新出发

今夜　甘愿被你囚禁
你的心可是一座透明水晶宫殿

夜雨轻柔的触摸如同未曾开发的耕地
我小心翼翼地游弋
不敢睁开眼睛
你广袤的皮肤下深藏的大海
都是我不曾抵达的禁地

可我拥有多么欢快的小喜鹊
多想睁开眼喊你一声哥哥

一切洁白的事物无需解释
我们选择闭口
那些未解的谜团
终将在冬天最后一场大雪过后冰雪消融

我已学会了静静地埋葬

我把自己掰给你看
把记忆湖里那些幽暗的水草又一次拔了出来
露出泥淖一样再无法修复的一堆前尘往事

我们不是神仙
你看多么漏洞百出的人生百态
站在黑夜里
我已学会不再哭泣

让痛大白天下是需要勇气的
长满苔藓的悲伤已不能把我再一次摁进水中
明天很快就会到来
沦为昨天

眼睁睁看着昨天一天天死去
我已学会了静静地埋葬

顾彼曦

1990年生于甘肃陇南。作品散见于《诗刊》、《星星》、《延河》、《草堂》、《作品》、《飞天》、《都市》等。有作品入选多种选本。主编《陇南青年文学》。

顾彼曦的诗

互相矛盾

我们无法让花朵在群蜂的围绕之中
咬住蜜蜂的舌尖
相对静止,绝对运动
这是哲学的命题,也是我们的困惑

我们无法让两个不同方向的人
搭上同一辆车,我们允许他们捧着同一个月亮
去寻找各自的故乡
却无法改变他们是不同江湖的人

我们无法让那些哭泣的事物
脱俗成仙,我们没有一种方式能找准
他们哭泣的缘由

我们无法把握故事的走向
如同我们无法预测自己的死亡
我们注定要伤害部分人,因此终生愧疚
我们最终伤害的是自己,我们避而不谈

固城记

青山为证,羊群是固城的背影
风吹来,鸟儿从一棵树上远走他乡
羊群聚在山梁上,占山为王的日子已不多

大槐树下,远道而来的游人
靠近羊群,收揽远古的引子

菜籽熟了,秋天也熟了
农人甩一把汗水,羊群已跑向远方

稻草人沉默不语,一个陌生人
站在固城的山梁上
愿你穿过复杂的时光隧道
接住一片秋天的叶子,包容万物之心

父亲再也不哭了

很多年前,父亲还是一个阳光的中年人
脾气很暴躁,遇点鸡毛蒜皮的小事情
就不停地数落母亲,必要的时候还会动手动脚

有一年的春天,小草正在土里抽芽
母亲离家出走。他看着我和正在哭着要妈妈的弟弟
他点燃一支又一支的烟

蹲在一个墙角里
忍不住一个人哭了起来

多年以后,父亲像一只断翅的风筝
穿梭在北疆的风雪里
繁忙脏乱的工地上,他举起一把沉重的锤子
不停地敲击着木板
像敲击着他越来越疼痛的人生
无论在怎样安静夜里
再也无法完成一声年轻时的哭声

夜行书

夜深了,空气变得稀薄起来
与岳父唠嗑,逃避不开黑夜和寒风
要懂得主动迎合,"岳父"是一个动词
与岳父唠嗑,不喝酒,但要有酒醉的语言
字里行间,岳父会删选些真实的部分
交杯换盏,一时间恍惚成了兄弟
从黑夜聊到凌晨七点,窗棂上落了一层雪
岳父如一个酒醉汉,滔滔不绝
爱人说岳父是一个冷淡的人
不易接近。我们都不曾了解真正的岳父
我带着疲乏便睡去了,他一如既往起床生火
煤炉里加满了煤块,烈火燃烧
屋内的一切跟着暖和了起来
这一天的岳父,这一年的岳父
生命比任何一天任何一年似乎都活得长些

羌人六

80后,四川平武人。首届《中国诗歌》"新发现"夏令营学员。中国作协会员。获《人民文学》第三届紫金·人民文学之星散文佳作奖、四川少数民族文学奖。著有诗集《太阳神鸟》、《响鼓不用重锤》,散文集《食鼠之家》,中短篇小说集《伊拉克的石头》,长篇小说《人的脸树的皮》。

羌人六的诗

从骨子里散去

二月,来自冬天的种种考验
仍在出生地持续,它不像精神上的坏天气
总是好了伤疤忘记疼

沉默中凹陷的草木,凸显苍茫
种子,没有挣脱土壤、踏入轮回的迹象;
没穿衣服的树,好像
营养没有跟上,远远望去,比牙签细;
草也发育缓慢,疑似少年的胡须和初恋。

然而,并非全都不堪入目。
至少,梅花已经浩浩荡荡撵上枝头
在风里闪光、歌唱

这些冒着寒风现场直播的
傲骨铮铮的梅花
让人再也无法想象出
比它们更清新脱俗的事物

芬芳无止境,
独自穿行的人,心在发光
他一边给体内的湿毒喂下砒霜,
一边提醒自己——
凡事需保持定力,今生即使一贫如洗
也要像梅花一样风度翩翩,绝不让
枝形的光明、尊严及善意
从骨子里散去

非虚构

想在纸上任性一回,把自己写成
一只断裂带的雄鹰,能飞得目空一切的雄鹰
偶尔喝醉的时候,我特别渴望飞上群山之巅
以一个体育老师的身份,
命令它们永远保持安静
不说话,更不许乱动,这群恐怖分子太危险了
我担心它们又一次伤害我的亲人。
我还得写一写地震和它送走的亲人,并且狠狠逼它
说出命运的解药,或者长生不老的秘方
我也想借会儿流水的灵魂,
去清洗那些依然活着的亲人们的
伤口,并帮助他们恢复健康和生活的热情。
——这样写,未免太过苍白,但是
还是要说,我想任性一回,
以诗人和雄鹰的双重名义,

我将写下内心最后的秘密
表面上，除了写，我几乎一无所有，不过是
一个活生生的穷光蛋，一名普通的体育老师
而背地里，我早已成为断裂带上独一无二的精神领袖
每年，我会跟那些逝去的父老乡亲
寄出断裂带上的所有落叶，如果他们有幸收到
它们就会变成一张张返程票。因此每年
即便断裂带的每棵树都在竭尽全力替我转达慰问
落叶依然供不应求。
在断裂带，每棵树都像我一样善良无私，它们的
每片叶子，都能安慰一个逝去的亲人
而它们本身，也是我的亲人，我的黎民百姓，也是我
痛苦和幸福的源泉，因此，我必须永远隐瞒。

唯一听见钟声的不过是一粒沙子

城市的夜深了，
我的耳朵亮着
胡须都老黄了的痛苦也深了
隆隆噪音，长出雪白的翅膀，
自附近仍在施工的楼盘
源源不断飞入失眠已久的房间，
耳膜，还有活像尸炉的烟灰缸。

卧室清凉，灯，发光的心脏
激情万丈，光芒变硬
拼命抵抗内心的虚空。

比噪音更浑厚粗犷的钟声
也在这深夜响起
唯一听见钟声的不过是
一粒沙子

噪音已经割掉其余沙子的耳朵,
它们躲在水泥钢筋铸就的森林里,回忆着远方——
最初的河流是怎样的狂野,又是怎样的空旷!

扶着一截暮色

春天和春天带来的绿
像一种恩赐,或者是
一场瘟疫,席卷
这片曾被地震践踏的土地

冬天已经沦陷。
瓦背上残雪消融。
河流日渐丰盈宽阔。
快乐的鸟雀,扇动
羽毛柔软的翅膀
为正在变形的天空呐喊助威。

知恩图报的草,在低处忙碌
我甚至亲眼看见它们
用收集来的雨露,照顾痴呆的泥土。

整整一天
在出生地,我以挖掘机为偶像
挖掘事物的可能性,探索
前进的方向,并为之乐此不疲。

傍晚,袅袅炊烟升起
黑色的树林正伸长脖子召唤星辰归来,
趁回家的路没有被铺天盖地的墨汁涂黑
我空空的皮囊已经厌倦了飞翔,只想
扶着一截暮色
快快回到母亲身旁。

超级灯泡

即使是深夜,也不必厌世
精选一个美人,陪我入眠
或者在她的伤口上露营。
此刻,我陡然忆起那天
溶解你背影的那个街角
太阳很大,像个超级灯泡。
人们说话的声音很空。
我们之间
隔着一个微妙的
小数点。街角黯淡——
只有史前的阳光,无比绚烂

向晓青

1990年生于湖北五峰,土家族。首届《中国诗歌》"新发现"夏令营学员。作品散见于《中国诗歌》、《诗选刊》、《山花》等。

向晓青的诗

永遇乐

只有在深夜,她才能
远离人间烟火
远离一切纷繁交错的关系
她站在星空下
不必想方设法地开口
也不会被迫沉默
来自遥远世界的点点微光
足以照亮心扉
她没有任何负担地
踱步,享受月色下的自己
不染尘埃
流淌着永恒的静谧

看　脸

回家的路上
层积云铺满天空

蓝白相间，构成盛大的夏日
到了家，奶奶一边轻摇蒲扇
一边慢吞吞地和我们讲话
我看见她的脸
布满纵横交错的皱纹
眼睛的位置
几乎要被垮下来的眼皮
全部遮挡
凹陷与凸起，盛满了
八十五年光阴的分泌物
我怀着一丝胆怯
盯着她的脸
那些藏着密码般的皱纹
多像天上的云啊
只不过，当我仰头看云
心中有流水欢腾
当我看着奶奶的脸
时间堵塞了我所有的出口

雨又下了好几天

雨又下了好几天
雨送来诗歌的语言
我和雨之间
隔着被撕裂的空气和人群
隔着模糊的音容笑貌
和尘世的诸多漏洞

隔着无数的新生之物
以及永恒的
灰飞烟灭
雨用宏大的喧哗盖过
微小的寂静
我孤身一人在家
调动所有的呼吸，代替头脑和心脏
想念正在雨中撑伞
赶路的你

今天，为什么写作

雨还没有停
霾也没有消失
有的人将死未死

你听见耳朵里的声音了吗
像是马不停蹄
你看见天空的深处了吗
那个无底洞
吞噬了无数谜语

谁还有多余的大脑去思考
谁还拥有一方
确凿无疑的土地

除了时间，还有什么能真实地

告诉我们快和慢的区别
除了爱,还有什么值得我们
赌上唯一的命
去做无谓的牺牲

活　着

你长大了
开始学着收起
无用的愤怒,多余的关心
在隐忍中,咬破命运的嘴唇
而你早已习惯了
这一丝淡淡的血腥味

见多了人来人往
死亡发出的爆破音
也不过是左耳进右耳出
而真正的慈悲
因为那逝去的响声
在你口腔的暗部生出溃疡

既然还没轮到你
就应该尽可能地活着
活着
才能在吐出带血的口水之后
呐喊出宇宙间
惊心动魄的声音

黄小培

1987年生于河南叶县。首届《中国诗歌》"新发现"夏令营学员。参加《人民文学》第五届新浪潮诗会。作品散见于《人民文学》、《山东文学》、《中国诗歌》、《星星》等，并入选多种诗歌选本。著有诗集《对称的狂澜》。

黄小培的诗

细小的爱

被我爱过的事物，有一些
我已经不再爱了，
比如亲人日渐沧桑的脸，
比如妻子默默转身的泪水，
如同生活的暗刺。
我的爱总是追不上万物的流逝，
当它经历离散、病痛时，
像一场雪落在心上。
一场雪落在心上，填补愧疚，
一些事物变得凌乱、破碎，
我爱过的人被我爱进了人海，
我爱过的太阳、星辰、河流、远方，
把我赶向匆匆奔波的行程。
一个晴日的午后被琐事分割，
我只爱它四分之一的明亮，
我只爱坐在沙发上熟睡的父亲
手里缓缓滑落的电视遥控器，
我只爱他响亮的鼾声

提升的午后的宁静,
阳光照在脸上,像个婴儿。
我只喜欢这种没有负担的爱,
树木平静地呼吸,
亲人安静地活在身边,
仿佛微风轻轻碾过头顶。

冬夜忆故人

我们是被不同时代偷走的人,
就像在同一个夜晚进入不同的梦境。
就像在这个冬夜里,
我独自走上旷野的小路,
身边的风用最轻的力气吹过耳旁,
要吹透人心还需三分的力度。
月亮跟随于我走走停停,
我们保持着同样的步伐和缄默,
月光在夜色中缓缓沉降、流淌,
温和而寂寞,像多年以前的泪水。
旷野无人,一个人走着走着
就走进了云水之间,
月光那秘密的通道长出了草丛。
我的身心布满了深渊和沟壑,
它们盛装的露水和风雪,
仿佛一生的困顿在此刻沉静下来,
环抱一颗被水浸润的石头。

光芒总能透入人心,像是一种安慰

午后的寂静如同一片沉睡的大海,
让沉浸其中的人感受饱满。
只有风声在推动着树叶上摇曳的光芒,
只有公鸡的啼鸣响应着鸟雀的歌声,
美好的一天,美好的时辰,
阳光照着灰色的屋宇和坦荡的大地,
一些植物开出明艳的花,
这是对一切苦厄温柔的否定,
光芒总能透入人心,
让人在明亮中获得一种安慰。
我总是喜欢在这样的午后
在院子里独坐,作为寂静的一部分,
我把自己当成一株植物安静地呼吸,
微风中,真的能够传递阵阵喜悦,
一些词语:美、忧伤、欢愉、孤独……
仿佛一生当中沉淀下来的泪水,
为一生的困顿填平沟壑。
身边的影子跟随时间缓缓移动,
但始终没有离开,始终在原地流转,
就像世间一切的动荡,其实并没有改变什么。

在院子里独坐

风起时,我正独坐在院子里,
感到一阵阵的轻松,
风有时藏在枝叶间,有时经过我,
傍晚的沉静如同婴儿的呼吸,
一个人像一滴露水浸入其中。
栀子花还在弥散着它们的清香,
波斯菊把它浓绿的气息泼向四周,
母亲侍弄的花花草草,
安静得就像旧日子里的浮云,
它们并不知道它们有多美。
有时感觉到自己被浮云抬高,
像一个抽离在时间之外的人,
此刻爱上孤独的人,
也会爱上尘世的悲喜,
我念及过去的生活,缓慢的流水
不停地迂回,到来和远去的
都在永恒流转,
而我们承受的究竟是什么?
昏黄的光还能照清院子里的一切,
仿佛再一次确认它们的存在,
在平稳的秩序中安然无恙。
渐暗的天光下,从身体里长出的影子,
又渐渐爬进身体,它们似乎
已经找到了合适的栖居之地。

午后的散步

午后在田野里散步,
阳光把人心晒得柔软而生辉,
万物平静,鸟鸣夹道欢迎,
我们不快不慢,
影子紧跟在身后。
开阔的平野在秋天袒露心胸,
眼里的落叶和心里的落叶
刚好能制造一半的梦境。
身染泥土芳香的人是温柔的,
远处的薄雾是温柔的,
仿佛一道屏障挡在远处,
生活里也有一些屏障
总能带来一叶障目的快乐。
我总会陷入自己的
一叶障目的快乐,
为深秋里长出的小草而感动,
为身边柔弱的妻子而感动,
这个生死之交,
和我互相伤害又互爱,
让布满裂痕的生活有血肉,有温度,
如今她早已成了我的一根肋骨。
此刻,她把手搭在我的臂弯,
我感到整个世界的阳光
都向这里倾斜。

潘云贵

1990年12月生于福建长乐。首届《中国诗歌》"新发现"夏令营学员。鲁迅文学院海峡青年作家高研班学员。作品散见于《诗刊》、《星星》、《福建文学》、《扬子江诗刊》等。获第四届张坚诗歌奖·2011年度新锐奖、《诗歌月刊》2013年度优秀散文诗奖、第四届全国高校文学征文评奖诗歌组一等奖,被《中国诗歌》评为"90后十佳诗人"。著有诗集《天真皮肤的同类》。

潘云贵的诗

睡在父亲的身体里

被寒风清洗的内脏
挂在软弱无力的云层上
月亮,越来越不明亮
十二月,多少牲畜的叫声
在痛苦中消失,成为日历上
被人只画过一次的红圈
多少枝丫摇摆于没有情感的风里
一次次被折断
斜插于光秃秃的生活上
我的父亲总会在冬夜里
忍着中年骨头的剧痛
搬运村庄里那些认识或者不认识
死于意外或者衰老的尸体
每晚在梦中
我能听见一些事物碎掉的声音
越来越清晰,是父亲的骨头
我怀疑自己正睡在他的身体里
黑暗中

骨头一遍一遍地响
我一遍一遍哽咽

吾父老矣

蛛网挂在墙角,粘连透明的死亡,
年轻时的窗户,你现在一周只擦一次,
每次动作缓慢,听见骨头清脆的叫喊。
秋天以气味相投的缘由,强占你的房间。
你用咳嗽驱赶,无果。
妻子准备饭菜,清汤寡水,
像余生再无激情朗诵的旁白。
你以父亲的口吻命令我:"再去添一碗!"
我站起来,回答:"不!"
你惊讶于我口中的否定,为此
感到恐惧、愤怒,却没力气
再喷发体内的岩浆,转身进屋,
上衣早已褪色,融进阴影里。
想起年少时,你让理发师剪掉我留长的头发,
托着石头的重音,顺着一根手指
投向我:"你不准哭!"以将我塑造成男人。
我们在一个盆中争夺各自的水域,
我的脚尝到另一只脚的盐分,它粗壮
却卑微不作声响。
而我却用力跺脚,溅起水花,
为了表现你不再拥有的快乐。
你的睡眠,开始与死亡称兄道弟,

低垂的眼睑常常翻出一条死鱼。
你像铁锈上滴落的水,又像一口井,
接受沉默、密闭与路面的距离,
接受儿子为他喜欢的姑娘写下一首
你永远读不懂的诗,他不再是你的门徒。
父亲,你老了,瘦了,薄了,
像一层落在摇椅上的影子,被风吹起,
在村庄的某个角落晃过了一瞬。
这是我看到也不会告诉你的事。

远去的马蹄声

马车最后一次从城市驶过时
我刚刚五岁
母亲牵着我的手从新装的红绿灯下走过

马路朴素干净
满地都是自行车胎痕,像向前伸长的枝条
木棉落下,在上面绽放新的一生

马车离开城市两年以后
摩托、轿车、的士、公交、卡车挤满棋盘
冷漠、狡诈和虚假代替花草整齐往上生长

听不到马蹄的声音
好像丢失了童年时的一件玩具
母亲说,终于闻不到乡下的味道了

我怀念五岁时最后一次看见马车从城市驶过
那个面容憔悴的农夫被大风吹走了心爱的草帽
我看见他没有回头,像铁了心要离开

在养老院的下午

这里没有酒精、烟草、谣言和笑声
只有寂静从一面窗内爬出
再潜入另一面,像只猫

老人们从屋内走出,此时
他们站在四月下午三点的阳光下
如一扇扇敞开的门,里面是空的
没有家具,没有亲人
连多余的爱恨也已被人搬走

站在我左边的男人,眼睛奇怪
一只能动,一只仿佛永远死去
或是被上帝售出
站在我右边的女人,像病人一样挪步
每走一步,脚趾如被土地咬下一口
却不觉得疼

他们路过我,就像路过风
脸上毫无表情,仿佛
二十五岁的我是不存在的,在这世上

我看见他们缓慢踱进林荫,这时
死亡从他们身体里跑出,没有形状
一边走动,一边与他们交谈

九月的遗忘

原谅我还不能交出九月的影子
那些敞开的袖口有很多荒凉的风
吹出山林,吹往城镇
一路只爱奔波,携带冰冷的体温
从不关心枝丫上摇摇欲坠的命运

那些树叶忧伤地飘落,忧伤地成为
世界上所有没有族谱的死者
那些遥远而凝重的颤抖
那些无人瞩目过的碎片
沉寂在九月的空气里,成为大地
局部的故事

多少人,用爱和恨同时压迫自己
向着草木柔软的意志靠拢
最后,在九月雨水渐少的器皿背后
他们看见残破而流亡的宗教
在风中,和最后一片树叶对话

陌峪

本名刘诗笛,1991年生于湖北襄阳。第二届《中国诗歌》"新发现"夏令营学员。湖北省作协会员。作品散见于《中国诗歌》、《诗歌月刊》、《诗歌风赏》、《天津诗人》、《延河》等。著有诗集《彼岸花开》。

陌峪的诗

终 点

让我再次两手空空
这无聊的世界
这安稳的像死掉的世界
小心翼翼的人们
在年岁中还原
看似光鲜的形态

秋天已经来不及
我不眷恋日光
取悦也无从说起
我输掉的
只是我未说出的
诞生的故事

无法逃离

你还是回来了

带着那些回忆一起
十月的午后
被街道和人群淹没的
细小情感
白发。清茶
岁月和四季一样
怀抱谎言

那些疯狂生长的都已睡去
黑夜习惯沉默
必须要在死亡前到达
奴役被唤醒
他深藏的天赋
像日光之下的麦田

不知吉凶的未来
在梦中展开
火车轰鸣
未踏上的
都是远方

只有影子在说话
她像一个风尘的女子
喝醉后小声呜咽
她知道的真相
和世界一样
无能为力

天空的幻想

有很多追风筝的人
打湿的脸颊
所有的。和你有关的记忆
幼小的翅膀
我怀念这些彷徨的
突如其来的遥远
它穿越大海
和潮水一样
在凌晨到来之前
想见你

末

故事都说完了
大太阳的夏天
没被拥抱过的。七月的风

街灯和行人
那些匆忙的
需要被压低的声音
它过于热闹

宿舍后的蛙声

熄灭的烟。未写完的字句
我以为生命就要起飞了
有明晃晃的大灯和甜蜜的糖果
有说故事的女孩和
梦见气球的孩子

那些自以为是的真实
那些
试图放弃又一直找寻的
那些我们信誓旦旦的年月
都以悲剧告终

旅　人

我到过很多地方
那里的人们手舞足蹈地在说话
我不相信他们
火焰燃起之后
他们的眼睛装满真实

猎人选择拿起枪支
风雨带走的
都是未发生过的
他们以为生活和希望会和太阳升起
以为接下来的都是白天
黑夜与他们无关
像不能说话的证人

徐晓

1992年生于山东高密。第三届《中国诗歌》"新发现"夏令营学员。作品散见于《人民文学》、《诗刊》、《星星》、《中国诗歌》、《山东文学》、《作品》等。著有长篇小说《爱上你几乎就幸福了》，诗集《局外人》。获第二届《人民文学》诗歌奖等奖项。

徐晓的诗

水 系

如果在出生之前,我能预知人世的苦难
我必拼死表达对降生的反抗
但我的啼哭,预示着一系列
悲欢离合的开始
我的眼睛,那储满一生水系的源泉
拒绝睁开——它们清澈、无知
明亮如水晶,还不知道今后将与污浊
和丑陋的事物相遇,并变得模糊、浑浊
和疲惫,一次次地在黑夜里无法闭上
后来,我向大海学习哭泣
我体内的各大支流,才找到它们的江河

空

我不再年轻,活得粗糙,空有
一副好皮囊,浪费这美好光阴
我悲伤,心有暗疾,习惯

打碎了牙齿连血一起吞下去
一双腿,总是误入歧途
一双手,在空气中空着
什么也抓不住
一张嘴,大张着,不知说什么

我羡慕一朵云,来去无踪
由大变小,再变无,没有疼痛
我也曾有过爱情,因为爱他
而承受了无尽的挫折,如今
我满怀秋风,在夕阳下的十字路口
伫立,像个烈士。有时候我会
突然捂住肚子蹲下来
我体内储藏着大量不被消化的铁

某　刻

她抱着我大笑,又仇人般
将我推开
她捂住了眼睛,大张着的嘴
止不住地喘息
她刚从夜跑的操场归来
她说,今晚的月亮真瘦啊
像哼唱一句情歌

最近,她又迷上了两个女人
一个叫西蒙·波伏娃

一个叫西娃
她们的书凌乱地堆放在床头

她说,如果我不曾写诗
就不会知道原来我是这样孤独
如果我不曾读过她们
就不会再有勇气去拼凑一颗破碎的心

可我只想简单地过完这一生
她喃喃道,抱抱我吧

我双手交叉
轻轻搂住她那愈发消瘦的肩

我在黑暗中闭上了眼

我是一栋纸做成的房子
它虚弱、无力、一戳即破
却又盈满了爱你的野心
我体内有一堆待燃的篝火
你手持火种,点燃了我
我一次次地在摇曳的风中
确认着我的失败
我一次次地在熊熊烈火中
焚烧那薄纸般的躯壳
没有人比我更贪恋那肆无忌惮的疼
没有人愿意陪我跃入深渊

夜那么黑。我在黑暗中闭上了眼

身不由己

越来越深陷往事,越来越
身不由己,我的心
已经跟随你走了很远
只剩一副空空的躯壳
懒散地虚度余生
就像吃一颗糖,想你时
沁入舌尖的甜,一点点变苦
变咸,再变疼
柔软的往事摊开来,你的笑容
声音、步伐、体温和离别时的背影
在我体内轰鸣,焚烧,燃成废墟
最后长出一个新的你
苍茫中你走向我,像一个刚出生的婴儿
像第一次赴约,像一个诀别者
像世界上另一个我搜寻一双似曾相识的眼睛
这样想着,我就忍不住掩面而泣
忍不住备好足够的露珠、春风和蔚蓝——
我怀念你如一条大河从身体奔流而过
我怀念你如昨夜星辰清澈而高远

晚来天欲雨

归来时天阴了下来,一些事物正在消退
悄悄藏起眼角的笑意,热浪轻拂过黄昏
悄悄默念你的名字,今夜的雨滴将与
布谷鸟的鸣啼,一起落进酒杯
为什么暮色总能轻易地遮蔽回忆的里面?
为什么大地上生长着如此美丽的秘密?
如果不知忧愁的桑雅妹妹来借小花伞
我就告诉她月光如何在涌动的大海中
碎成了金子
告诉她生命中有些迷人的夜晚没有悲喜
如果桑雅妹妹的小白猫不来蹭我的腿
我就不会害羞
我就拉着她的手去窗边听听那密密的雨声
像梦一般的
像梦一般的真实和遥远
胜过世间任何的语言

牛冲

1991年生于河南项城。第四届《中国诗歌》"新发现"夏令营学员。河南省作家协会会员。作品散见于《中国诗歌》、《草堂》、《延河》、《飞天》、《牡丹》、《佛山文艺》、《海峡诗人》、《河南诗人》等。创办元诗歌基金会,主编刊物《元素》。

牛冲的诗

二婚的女人

这个羞涩的女人,该如何让自己更加自如。
她开始努力观察这个成功男人。
用细小的心,沿着陡峭的山路爬,
想着路过小腿,膝盖,胸毛,以及胡茬,
他让她直接爬上了山,岩浆喷涌,翻云覆雨。
她无论如何也想不起,那些她要经过的风景,
何其艰难啊,河水上涨,果实坠落,
也许,她这一生也只有一次路途的艰险。

春　运

这移动的音响,嘈杂,混乱
它们以柔软的方式嵌入祖国
流动,挥发,凝固
这些渴盼龙门的鲤鱼,逆流而上
梦里常见
万里长江驮运故乡的草木

从外省到内江,所有的水土不服
都在草木中抚慰
这些小小的分子,像极了
天空中的白云
它们洁白,善良,奇形怪状
但是总飘忽不定

水果妇

每天,她都在角落里
旋刀时上时下,试着剥开
生活里的点点滴滴
任何事情都无法激起涟漪
只有人来人往的脚步让她
不时抬头,打量傍晚的幽长
那是怎样的等待
仿佛这里的一切都被风声带走
巨大的沉默日复一日

出租车里的女人

出租车里的女人,她跳动
着破浪般的火
像一条冬夜里的鱼,逆流而上

成熟的果实从云端跌落,踩着

五彩的霞，和一个男人
接吻，咬着嘴唇，舌头往上
口腔里的甜，像辣椒一样

向前，向着车行的方向
向着深夜和爱，和句号告别
没有一个女人和男人
不会从夹缝中，寻找
一线希望，像云一样

抽着烟的师傅

师傅用磨破的手指
在时间和机器之间
捅破一个夹缝
叹息留在时间里
沉重留在机器里

一缕烟味从夹缝中流出
师傅将沉默的声音
裹着干咳的血块
吞进肚子里

远处，和他一样的
是他的室友

在同一个地点，同一个时间

两人干咳一声
算是一声问候

贴瓷工

这是最后一块白瓷，所有的噪声都
一拥而上，喉咙里的啤酒开始反刍
他摇摇头，这样绝对不行，银色的脚手架
摇摇晃晃，空气里的灰尘塞满口腔。

他开始缓慢地降落，电梯两边的白瓷开始闪光。
切割机的声音开始微弱，
整个广场外阴雨连绵，可这里
是一个绝妙的黄昏，下午一定要搞定。

一个失魂落魄的姑娘

就是要，要夜静下来，她要
滚动在他的怀里，
点燃最后的悲伤，吞咽大片的漆黑，
她在思考，未来她的所有都会用来换取
此刻的所有，此刻的所有都透支在火里。
让火再滚烫一些，她就是大海。
一定要凶猛得让船只遨游，
如果不够，那就再凶猛一些，让浪花飞溅，
让波涛汹涌，就是要让水浸润到他，
让他溺死，让他喝，喝个够。

高短短

1994年生于陕西汉中。第五届《中国诗歌》"新发现"夏令营学员。作品散见于《中国诗歌》、《人民文学》、《诗刊》、《扬子江诗刊》、《作品》等,并入选《2015年度诗人选》等选本。获2016年紫金·人民文学之星诗歌佳作奖。著有诗集《降雪预报》。

高短短的诗

溃散书

我的近况在远方的问候之中变得美好
这是我们不断溃散的十一月
风雪席卷西北,你再也说不出辽阔的秘密来
冷是季节的表面。你深夜独坐
阅读的彷徨,犹豫,恐惧
和这个时代,不谋而合
有时候我听你读诗,万籁俱寂
像那些刻意被抹平的高贵的字眼
是的,我不再提到厌倦了
一首诗就像一截被嚼碎的日子
除了厌倦,更多的是忍受
从前我们经常提到的
重庆,以及更远的南方
我们不可能绕过严冬来讨论它们
在西北,我见过那些人民
在严冬时,除了将自己的孩子
紧紧地攥在手中,别无他法
在悬崖边的公路上,我看见

汹涌的河流，水绿得让人眩晕
当万物呈现出，它本来的样子
而我只感到莫名的耻辱

在山中

那些时间我干了什么，以至于
十多年了，再没有来过这里
山涧，水流，飞鸟叫得人心惶惶

在此之前我爬上了三座山头
越过了一个分水岭
从一个连续不断的茅草坡下来

瞧，这些长在土地里的石头
飘着水汽的瀑布。它们从未被带走
我在溪水边轻声地，念了一首我
水流晃动着向前，让我想起
那些离我而去的或者正在经历的事物
孤独，冷，或者碎片……

北方江边的下午

没什么不同
没有王维的征蓬，王湾的归雁
这里的江水，和南方的江水

并没有什么区别。一场晴好的天气
一些稀疏的行人，几朵云
几棵雪松，规矩地立在江边
几只水鸟，尝试着越界
他说，君不见
秋风吹过的事物都烂掉了
我低头看水，没有说话
后来我多次想起那个北方的下午
和那水边人。他说
这样的江水多适合怀乡
多适合，一去不归

全部的厌倦

我同另一个人
坐在洒过消毒水的屋子里
我们不说话，低头看着地板
偶尔也是手机，像读一封远方来信
沉默着。我们在闪躲着什么
大雪过后的夜晚
除了冷，还有什么剩下来
是的，这闪躲的，压榨后剩余的
散发着恶臭的，沉默着的
摔门而去的，我们共同的
厌倦，可能大于恨
可能小于爱

雨　中

一个人被困在雨中。那些剪不断的泪水啊
爱得多么委婉。一个人写诗：我是我自己的囚犯。
一个人把自己剥落，码放整齐
一个人停在时间之外，这漫长的哭泣
一个听雨水的人，始终等待另一个人来信
多么美好。无数次他将自己寄出
又被驳回，无法签收。在雨中
一个人，永远找不到正确的落款

在群山的边缘

还谈什么无用之诗
坐下来吧，人间的大道理
不比一件轶事讲起来好听
无数次我对着同一个方向沉默
而你终于捡起了属于你的
巫山，生活，爱，隐秘……
秋色浓得就要急速衰落
时间就在此时落在你的影子后面
花斑狗从远处回到我的椅子旁边
在群山的边缘
我看到一粒微小的蛋黄般的日落
落叶簌簌地落下来

然后我们就老了

和　解

慢慢地，我不再喝酒了
慢慢地，我也不再远行
不再提"辽阔"、"沉重"等词语
慢慢地，和这个世界和解
我知道我的世界会变得越来越小
小得只能放得下一个小镇
一张桌子一盏灯
我仍旧读诗，却只读给一个人听
我读，他听。时间似睡未睡
读到某一段时我停下来
我笑，他也笑
夜里，我们各自枕着虚无睡去
我们平静地度过时间的每一个年轮
有时候这平静就好像是
我和他的孤独。而这孤独
也让我们像极了一对永恒的夫妻

马晓康

1992年生于山东。第五届《中国诗歌》"新发现"夏令营学员,参加《星星》大学生诗歌夏令营。作品散见于《中国诗歌》、《诗选刊》、《诗歌月刊》、《山东诗人》、《诗刊》等。获2015年《诗选刊》年度优秀诗人奖、韩国雪原文学奖海外特别奖。

马晓康的诗

我与晏子:追问(长诗节选)

序　诗

齐长城,像一条疲惫的血管
横亘山岭,呈逆天之势
它流动、膨胀
让这片不大的国土为之升腾

可是,请您告诉我
兴衰的运数,真的是上天早已写就的吗?

一片树叶落地,要在空中打几个圈
日暮西山,会把云彩烧红,烫得天空发紧
那究竟,是一支什么样的笔?
才能将一个国家的命运篡改得如此曲折?

圣贤们尝草、治水,那些人定胜天的故事
是睡在时间里的尸体,还是聊以自慰的传说

一个人，终究撼动不了一片土地
殚精竭虑的日夜，只是为了填补一个影子
田氏代齐，应验于子孙——
陈厉公的卜辞，是长河下潜伏的石头吗？

1

用全部的生命去热爱，热爱阳光——
命运隐匿了它那无形的根
耗尽一整个春天，都未必能发芽
谁撒下了那么多树叶，行走的树叶
让我们用一生的热爱换取凋零

（这是我所眼见的轮回，叶子般的生命
那么，请您告诉我
我所依附的枝干又是什么？
家族？还是历史？）

那些附着在叶子上的，疲惫的脉络
被它们喂养的土壤，是否惴惴不安？

千年后，我们被称为"黄种人"
贫瘠的日子是黄色的，粮食也是黄色的
我们的疑惑，是不是也是黄色的？

（再过千年，是否有人像我一样
写一首长诗请您解惑？）

2

雪花，在人间行走，像清白的化身
分不清好人和坏人，它决定远离
有时，它会忍不住去听那些烦闷的喧嚣

（又是多少年了，诗人寄意于雪，却被雪出卖
大雪，粗暴地掩埋了整个冬天的真相
这不是一个温柔的做法
吃人的蛇和熊在冬眠，花草紧缩回地下
善良的人只能关在家中，怀抱着一团火）

也许，雪花只是一个安静的避世者
它不想被打扰也不想惊动任何人，偶尔也哭
（留在雪地里的，一串孤独的脚印，被溶解得了无痕迹
多像是人们相互拒绝，再拒绝的温情）

可您知道吗？
落在齐国的雪花，越来越稀薄
行走了这么多年的雪花，是否也疲惫了？

一直这么私自地白下去，不问世事
长河中，您又是否听到过雪花的忏悔？

5

落难的人，逃亡的人，流放的人
不屑于为伍的人，告老还乡的人
都是背负着家国命运的人

那立足于广阔土地上,无形的庞然大物——
被那些不妥协的人扛在肩头上

(某日下午,我合上手中的史书
窗外,响起了换纱窗的叫卖声,一双黑黢黢的白手套推着一
  辆卑微的三轮车
侧卧高楼,深居简出
换一面纱窗,不过是给窗外的天空换一副新的牢笼
那么多细小的网格拼凑成一片天空
那么多孱弱的生命支撑起这庞大的国土)

白茫茫的天空,谁说比蓝天更加清澈?

6

为何人们总在赞颂春天
那些花为什么要急于在春天绽放呢?
寒冬刚刚过去,漫山遍野都是春天的传单
何苦这么着急呢?缩回枝杈里的不甘,还可以再等一等

刚刚脱下棉衣的人,并不一定是真正爱春天的人
(烘干的花,像吊坠在风中的木乃伊
那些采花、插花的人,真的懂花吗?)

大风从未停止过。从花开吹到花败
把单纯的、善良的、贪婪的和淫秽的
全部吹散 把那些盲目的歌声,也吹走

这大风,还记得齐国的马车么?

予望

　　本名詹紫烨，1993年生于湖北赤壁。第五届《中国诗歌》"新发现"夏令营学员。独立出版人。作品散见于《中国诗歌》、《青年文学》、《天涯》、《诗林》、《海拔》等。著有诗集《饭桌上不吃米》。

予望的诗

给年轻人的忠告

1. 熬夜

未到中年
也知养身是食物山顶部
露出的岩石一块
唯有独坐顶峰的人
才会了解秃头与脊椎的重要性
往上看吧,不要熬夜
老虎屁股摸不得

2. 独身

提到这五年
我不曾对一人示好
傲气在他者眼中
是无聊的非虚构素材
早早恋爱吧

路人和云一样多变可爱

3. 忙

抽了一上午的烟
喝了一下午的酒
一整天都碌碌无为
一整天都郁郁寡欢

4. 晚到

晚来要睡哪
我床铺已洗干净等你
耐心用尽以后
你迟迟不来
黯然的是少年情
干瘪的果子榨不出汁

5. 分手

适宜秋日的活动
规劝、吟诗、无话不谈
交换完对方的食谱
站在厨房我为回忆哭
一只手抖撒入多余的盐
别责备，还是朋友
时间不至于让你我
产生什么隔夜仇

6. 及时

上次路过植物园时
心想,大巴下次经过
要与你再逛
三天打鱼两天晒网
一天用来想你
植物园的叶子已黄

不睡觉

枯灯下搅拌自己
读书的乐趣就在于
每一颗痘痘之下
都藏有无限的奶白晶体

保持清醒不等于解放身体
虽然我时常以为
不睡觉就可以出走、赌气、不失去
实际上内脏的革命永恒进行

我困倦的过程和飞叶子的过程一致:
起初是超过屋顶,随后可以越过云层
臭氧、太阳系、一百颗断头
骨灰直直抛出历史轨道
——化成当代的霾

不出所料下一回醒来
年轻人依然询问房价和墓碑
二十一世纪教人恶心的课上
我的小同志们纷纷老去了

夏　困

盆栽盛水像个小砚台
我站在窗口看初秋顽固的植物们
想，该是蒲圻吃菱角的季节了
我嘴馋以至于摊开书便打瞌睡
而熟睡之人的额头
总躺着一些往事，亮晶晶的
比螨虫还多的水分子
杀不掉的往事
譬如十年前的太阳雨
我们翻花绳，脱皮鞋，掀起裙子
跑在明晃晃的帘子里
蝉鸣和人都不知倦
读书因而显得十分奢侈
谁不想从一堆废铁里敲出糖来？
但哈欠偏要如影随形
所以，我放弃了许多个七八月
一觉醒来便是来年

祁十木

1995年生于甘肃临夏,回族。第六届《中国诗歌》"新发现"夏令营学员,参加《星星》大学生诗歌夏令营。作品散见于《诗刊》、《扬子江诗刊》、《民族文学》、《诗歌月刊》、《星星》、《作品》、《西部》、《飞天》、《青春》、《回族文学》、《中国诗歌》等。获淬剑诗歌奖、樱花诗歌奖等奖项。

祁十木的诗

烬

他坐在狭窄的房间中央，面朝铁门，想象
开门的人，像被折断的旧绳索，挂在墙上。
他凝视，同时他别无选择

要把手伸入左侧口袋，轻轻拿出火柴
点燃叼了五分钟的烟。他被层层烟雾缠绕，
那些故事一并涌上来，他已不再年轻，
像流逝的时光一样，很混蛋

再狠狠吸一口，那慌乱的烟草耗尽了
光阴，被他吐在日光灯下，抬头的瞬间，逐渐飘散。
他的食指抖动，烟灰坠入栖息地。他恨透了
这覆盖他的生命之重，他确已离不开

一丝火星掉落。他的黑裤子
被燃烧出洞，露出的膝盖，在缓慢流血，
这不是罪恶。他反复问（回答）自己：
放不开的往事，究竟意味着什么

烟烧至终点,火光暗淡,长长的烟灰
像他五天未刮的胡须,死命地扼住他的脖子。
毛孔跟着起火,他不管不顾,想开门的人
知不知道诺亚方舟的航向?

他往前迈一步,门自动打开
这是一个撕开痛苦、供他人赏玩的人
别点新的烟,你说你要离开这地方

门口出现两个玩滑板的少年,一人带来早间新闻
说起一个诗人昨夜死于肺癌,另一人跑来问他
时间。他说,九点。那人回头告诉他的伙伴,
那个说过诗人名字的孩子再次张口:我们一无所有

他把人、空气想象成一面镜子,看得到身后
半掩的门,挤出那人的形状。人端坐在他的椅子上
年轻的睫毛,像极了他掸掉的烟灰
他能说出故事吗?用最沉重的词

那人不说话,极速抽光最后的五支烟
抹除了这一切已凝固的现实,
仿佛他从未来过此处、从未爱过

少年事

一只玻璃球滑到手里,他开始像

琥珀，钻到里面醒着，经过
许多年。高高被抛起的，一定刺眼
他挡住脸，我没看到悄然而逝的
小物件。动作逐渐僵硬，我说他
蹲下时，每一刻都成了待剪辑的胶片，
缺乏连续的理由。他的头发，凌乱，
像率先枯萎的花，急于结果。我们互相慰藉，
度过光阴就是度过十指相扣的温度
他牵着另一只风筝，天空愈发空旷
被吹着的我，有时消失，有时摇晃
在看到脚下的马路上，他朝前
迈出的脚步，从不停歇。但我们究竟有没有
在动？这令气氛瞬间严肃，凝成一块玻璃
掉到十几年前的那个下午

虚拟术

一切疲倦开始于我们醒来，在那个阴沉的下午，
接近死亡。潮湿、冰凉、腐烂可以谱出一首曲子，
不和谐的音调，就是我要告诉你的事：
我们曾穿过北京，肩并肩走在大地上
发誓，要做最堕落的一个人。对，是一个人。
那些日子，我们没有多少时间
看风，奢求永远待在一个地方。
你不知道，五六个坏小子揍我，我还不了手，
最锋利的生存方式就是手中的笔，
然而笔也屈服于多变的天气。唯有你的颜色

总保持鲜艳,时常吹我的头发,
诉说一些独立于谎言之外的故事。
你把词掰成两半,从不赋予它们意义,
我们彼此依赖,相当于血滴到水中,喝就是咸的
大多数人的嘴唇开裂,苦涩包含着伪证
小屋被压在挖掘机下,破败荒凉都是一种奢望
记得当年你爱笑、总爱说一句话,
"我们笑笑就散了吧"

凌晨,灯下读马骅

在红色的湖边
你用整整一夜磨一个词
碎石飞溅
像此前的生活一样。肮脏

你抬起手,指着发光的第一片叶子
数着冬天和春天,哦,还有夏和秋。

有一个男孩在对岸扔石子,
名字沉到湖中时,你看完了这场电影

出门前,一颗露珠开始融化
我想听你讲的故事很慢

用一页泛黄的纸
我就能缅怀我自己

立 冬

在南方感觉,立冬
不太明显。我选择把冬天立在阳光中
一阵苦涩装扮清凉,试图灌溉我
呈现假意的表白

早上,我看见清洁工扫净夜晚
背影像极了我母亲
但我丝毫不同情,因她扫走卑微死亡的叶
土地会将绝望之眼耀成凋零的样子

这种不同使我再想起母亲的手
它褪去云彩和草地的睡衣
在虚无和全无之间就藏着一个自己
促成我在此默不作声的祭奠

多年来,我把每次立冬都看作母亲的纪念日
那个粗糙的朴素的干瘪的母亲
在照顾自己和需要扫清的日子里
一如从前,沉默活着

而此前面临不幸时
我问,为什么我们不一起死去

蓝格子

本名刘晓梅，1991年生于哈尔滨。第六届《中国诗歌》"新发现"夏令营学员。作品散见于《星星》、《诗刊》、《扬子江诗刊》、《作品》、《中国诗歌》等。

蓝格子的诗

鼓

一列火车从白天开向黑夜
是什么在离去?又是什么在靠近

一条河在桥下昼夜不停地流
远去的和正在到来的有什么不同

一场雪从落下到消融
仍然保持自身寒冷的属性

而你我,在奔赴死亡的途中变换角色
爱被遗忘,痛苦被牢记
一面被擂响的鼓,发出紧凑的咚咚声

日常:争吵之后

连日的争吵让他们感到身心疲惫
躲避已经成为惯常之事

如何在不快中克服绝望和分离的念头
要知道,有时
不爱,比爱需要更大的勇气
半小时的沉默之后
他倒掉烟灰缸里的烟草残骸
推门而去。她忍着悲伤
把该洗的床单换下来
这是他们在黑暗里,共同依赖的
单薄之物。另一条干净的床单
不过是更旧的一条
只是破败,看起来如同新的一般
泪水被一同轻轻地展开,摊平
下午,他从外面回来
带一盒新鲜的蓝莓,还没开口
她就紧紧抱住他,他也是
阳光穿过窗帘的缝隙在地面晃动
就像两个人的心,在争吵之后
一阵一阵地,痉挛

日常:避雨

时间已经过去数月。我还记得
上一次散步,山腰上半开的桃花
以及海上的雾气。你的嘴唇
伤口没有完全结痂。之后突然下起雨
我们跟随其他人,到附近的咖啡馆
避雨。玻璃上的雨水细细碎碎地

往下落。如同我们所在的生活
一些人在雨中推门进来
另一些人离开
像是常态,并无悲伤可言
雨越下越大,发出近乎欢快的声响
在灰蒙蒙的黄昏,它的声音
代替了一切有声交谈
我们坐在各自的椅子上,共同看着
那些雨,从高处,落向低处
窗外沙滩,被砸出深深浅浅的坑
一场陡峭的雨,是不是
也将这样,砸向我们的中年

日常:归途

傍晚,雾霾始终未散去
我一个人穿过天桥,来到第二站台
列车还没进站。那么多人在等待
时间因此变得漫长
拥抱的人还能再抱一会儿
而我的心,被两条铁轨紧紧牵住
远处的轰鸣声不断迫近
在人群中产生一阵小小的惊慌
我攥了攥手里的车票,目光
移向打开的车门。刚哭过的人
红着眼睛,在我身旁坐下
给送站的人打电话

有人在车厢连接处抽烟
也有人凝神望着窗外
一座城市慢慢远去。另一座
将在夜色中靠近
现在,我母亲一定在等我推开家门
杜鹃花在枝头微微震颤
它的香气,成为一个人隐秘的喜悦
像此刻,空气中渐起的灯光

日常:重逢

十二月的一个夜晚
他们出现在共同的酒桌上
相邻而坐,却有如相隔万里
那么多过往,看起来
更像是一种从未有过的虚无
旁观者沉浸在各自的悲喜
不安来自被遗忘漏掉的部分
玻璃杯相撞的瞬间
灯光跟着明显地晃动了一下
他们的心也是
但此刻,他们必须摁住内心翻起的波涛
继续不自然的微笑
将杯中酒一饮而尽,然后
像灰尘一样让自己平静下来
人群散去后,记忆
在一个人幽闭已久的泪水中缓缓打开

是谁遣来这爱情的灾难
又是怎样的绝望练就出如此的隐忍
答案,永远是沉默

沉 香

剩下的小半盒沉香安静得像是在深眠
你拿出其中的一盘,点燃
它的香气在房间里缓缓漫开
仿佛在讲一个故事。香气就是一种语言
冷静,而有节制地叙述
你坐在椅子上倾听,保持应有的沉默
这是你一生中闻过的最好闻的香
看着眼前的香圈越来越小
某个瞬间,你有些恍惚
但又是什么让你在黑暗中睁大眼睛
你看到它们:绝望中燃烧的向日葵
流动的星河,命运的词典
和一座连着一座的黑色雪山
你想起另一个遥远的夜晚——
沉香最终在你眼前熄灭
死亡的过程竟可以如此温柔,不动声色
你没有流泪。直到最后的残香
掉落在桌面,留下一小撮温热的灰烬
它死去。可它弥散在空气里的香
给你带来长久的安慰
和等剂量的疼痛。

"诗意的诱惑"与"坚守的困境"
——论"《中国诗歌》·新发现"

徐 威

  2011年7月22日上午,《中国诗歌》首届"新发现"诗歌夏令营在武汉盘龙城举行了开营仪式,羌人六、黄一文、但薇、潘云贵、杨康等二十位来自全国各地的青年诗人作为首届学员随即开始了他们为期七天的诗艺探索、学习之旅。《中国诗歌》重视对青年诗人的挖掘与鼓励——从2010年第一卷开始《中国诗歌》就开设"大学生诗群"板块发表80后、90后诗人作品;2011年第一卷《中国诗歌》推出"90后诗选",以群像形式推出64位90后诗人。"新发现"诗歌夏令营的举办,再一次印证了《中国诗歌》对于诗坛新生力量的重视。"为了呈现诗坛当下最富有朝气的年轻人的诗歌创作状态,为中国新诗'发现新的力量'。"[①]秉持着这一宗旨,"新发现"诗歌夏令营如今已经举办了七届。羌人六、潘云贵、马晓康、莱明、马骥文等数十位青年诗人相继在武汉接受商震、李少君、邹建军、叶延滨、王光明等诗坛名家的指导;每年,《中国诗歌》还以专辑的形式发表

---

  ① 朱研:《新发现,新遇见,新的开始……——〈中国诗歌〉·2011"新发现"诗歌夏令营侧记》,见《青春与诗的光芒》,刘蔚编,卓尔书店,2014年版,第35页。

"新发现"诗歌夏令营学员的诗歌作品；不仅如此，在2014年，《中国诗歌》还推出了"新发现诗丛"四辑共48册，使得许多年轻的诗歌创作者出版了人生中的第一本诗集。

应当说，在对诗坛新生力量的鼓励与扶持上，《中国诗歌》是不遗余力的。2011年至今，《中国诗歌》的七次"新发现"，将九十二位青年诗人推向了更广阔、更令人瞩目的舞台。他们的诗作，从不同的角度呈现了当代诗歌创作的新面貌与新力量：或是细腻情深，或是气势开阔，或是文字锐利，或是体态轻盈，或是想象奇崛，或是言语深沉，或是笔法先锋，或是取意古典……此刻，在习诗的道路上，他们或许只是刚刚起步，他们的诗与思或许仍略显青涩，格局也尚未真正成形，但是，我们已然能在他们的探索中见到他们往大处、深处迈去的些许迹象。与此同时，我们也注意到，诗艺探索之路也并非他们想象中那般轻松，他们同样也面临如何坚守诗心、不断提高诗艺的困境。

一、诗意的诱惑："内心千言万语的另一种形式"

"《中国诗歌》·新发现"的大部分成员都是80后、90后的年轻新一代——2011年参加首届"新发现"夏令营的张琳婧1998年生，时年十三岁；其余的学员也大多在二十岁左右。二十岁，活力四射却又隐秘忧伤的年纪；情感炽热而又不免灼伤自我的年纪；对未来充满畅想却也逐渐接触真正现实生活的年纪。此刻，对于年轻的敏感的心灵而言，诗歌作为一种言说方式，充满着"诗意的诱惑"。青年男女的万般心绪、千般滋味，借助于诗歌，最容易酣畅淋漓而又若隐若现地吐露出来。"气有所抑而难宣，意有所未喻，时有所触，物有所感，事有所不可直指，形之为诗,则一言片语而尽之矣。"① 于是,爱情的甜与涩,生活的喜与忧,对生与死的思索,对理想与现实的体悟,对自我与他者的困惑,都化为了一行行诗句。这正如吕达诗句所言:"就像这首十行的小诗/其实是我内心千言万语的另一种形式。"(吕达《有夜当如此》)

参加首届"《中国诗歌》·新发现"时,羌人六还是一名体育老师,一边教学,一边写作。他的创作,内容丰富,体裁多样,情感真挚,在小说、诗歌、散文三方面均取得了佳绩。而今,他斩获"紫金·人民文学之星"散文佳作奖等多个大奖,加入了中国作协,并成为了巴金文学院的签约作家。对于羌人六而言,言说的方式是多样的,而言说方式的选择,则全然依赖于他所试图传达的意旨与情感。三种不同体裁,信息容量不一,呈现方式各异,各有其所擅长承载的意旨与情绪。小说在虚构中容纳万象,散文在纪实中展露生活,而诗歌,就适合他不可抑制的情感表述,适合他酒醉后的深夜独白。那些深沉的、隐秘的、难以言尽的、难以说清的复杂情绪,他写在诗中。"想在纸上任性一回,把自己写成/一只断裂带的雄鹰,能飞得目空一切的雄鹰/偶尔喝醉的时候,我特别渴望飞上群山之巅/以一个体育老师的身份,/命令它们永远保持安静","以诗人和雄鹰的双重名义,/我将写下内心最后的秘密/表面上,除了写,我几乎一无所有,不过是/一个活生生的穷光蛋,一名普通的体育老师/而背地里,我早已成为断裂带上独一无二的精神领袖"(《非虚构》)。这些真诚而又狂热的内心隐秘,成为了他诗歌创作中重要的书写对象。

依我看来,最适合展露内心隐秘的文学体裁就是诗歌——它

---

① 方回:《仇仁近百诗序》,见胡经之:《中国古典美学丛编》,凤凰出版社,2009年版,第276页。

可以将秘密隐藏在天马行空的想象当中；它并不追求独一无二的精确，而是赋予词语更多、更开阔的象征与隐喻，在神秘、模糊、含混的文本风格中让"秘密"若隐若现地"暴露"。诗歌是最为个人化的文学体裁。从诗歌的创作与接受来看，诗人所要"言说"的意旨及"言说时的快感"与读者"读到"的意旨及"阅读的快感"往往是不一致的。叶维廉在《中国诗学》中将作者传意、读者释意之间的差距及微妙关系称之为"传释学"①，其意即在此。诗歌的朦胧与多义等特性，使得更多的青年人选择用诗行的形式记载他内心的情感与挣扎。

在诗歌中反观自我是许多青年诗人在习诗过程中所大量书写的题材，青年诗人的万般心绪常来自于自我的变化。一方面，随着年龄的增长与心智的不断成熟，对自我的审视、定位、反思及对未来的期许日益成为许多青年人在寂静深夜时常思索的命题；另一方面，在与"他者"的碰撞中，青年诗人也容易产生对自我的认知变化。于是，"我"以及"我怎样"成为了青年诗人不断书写的主题。青年诗人热衷于书写自我，他们更为关注自我在这个世界中存在的欢欣与悲伤，关注个体存在的境况，追寻个体存在的意义。翟莹莹在《放一枪》中直截了当地提出，人应当打破虚假的外衣，应当认识真正的自己："对着镜中的我狠狠放一枪/脱胎出真实的七零八落/我受够了虚假完整/受够了看上去很美/一天天活着，浪费着/每个想死去的念头/……/狠狠地放一枪，才能看清/碎片里，对诗歌如此自私的人/才能将灌入我体内多年的风放掉/才能让我看到/每个笑容都是放声大哭"。在这里，放一枪是一种可贵的自我审视的勇气，更是一种解放自我的有效途径。阿天的《与己书》以自问自答的形式，吐露成长过

---

① 叶维廉：《中国诗学》（增订版），黄山书社，2015年版，第171页。

程中的困惑:"在黄河边,我们看不清彼此的眼睛/像两条蛇在暗处等待/这迷人的,有毒的,黑暗的/星空,是你一生的追寻吗/我们互相质问,像两名拔出长剑的武士"。互相质问,实则是自我内心的多重审视,而在这反复的审视之中,一种信念与勇气得以强化:"你说:要保持心中的火"。顾彼曦的《互相矛盾》列举了种种人生中无法解决的困境,以及由此带来的无奈与悲凉,这种无奈最终指向生命与死亡,指向了人的某种本性,整首诗从而具有了更深层次的意蕴:"我们无法把握故事的走向/如同我们无法预测自己的死亡/我们注定要伤害部分人,因此终生愧疚/我们最终伤害的是自己,我们避而不谈"。徐晓对自我的书写,既有对时光流逝的慌张,亦有对自我的沉重反思:"我不再年轻,活得粗糙,空有/一副好皮囊,浪费这美好光阴/我悲伤,心有暗疾,习惯/打碎了牙齿连血一起吞下去/一双腿,总是误入歧途/一双手,在空气中空着/什么也抓不住/一张嘴,大张着,不知说什么"(《空》),"没有人比我更贪恋那肆无忌惮的疼/没有人愿意陪我跃入深渊"(《我在黑暗中闭上了眼》)。与徐晓直白而果断地喊出她的爱情宣言相比,宋阿曼的《明月夜》、《黄金分割》、《我有一百种方式离开》等诗作则在男女双方的"隔阂"与"距离"中审视自我,向晓青则在爱情中进一步地确认"除了爱,还有什么值得我们/赌上唯一的命/去做无谓的牺牲"(《今天,为什么写作》)。

  在自我之外,外在的现实社会状况同样容易引发青年诗人的诗兴。这种对现实的书写与呈现往往又是借助于自我的见闻、体悟或身边亲朋的真实经历而实现的。赵桂香将城乡之间的漂泊与追求理想过程中的精神疼痛联系在一起:"我用力去焐热一个城市的名字/我不断地与市中心的高楼对话/与广场的花草对话/不断地用流光溢彩的磨刀石/逐一磨掉自己的乡音和乳名","鸟儿归巢时/总有暮色从身体里升起来/这一再让我想起家乡/田野上

"诗意的诱惑"与"坚守的困境"

的枯草/风一来,身子便不由自主地/一节一节/低下去"(《寻梦人》)。诗人执着而虔诚的寻梦过程中有种种孤独与苦痛,这些精神疼痛被诗人表述为"乡音与乳名"的丧失、对家乡的怀念、"一节一节低下去"的身体、和落叶的"紧紧拥抱"。真正的痛苦不是说出来的,而是表现出来的,正如诗人在另一首诗中所言:"此刻那些能够用语言说出的/或许/都不再叫疼痛"(《那些能够说出的都不叫疼痛》)。因而,这些诗意化的、具象化的疼痛,虽不直言,却有着打动人心的力量。牛冲一组对女工、二婚的女人、失魂落魄的姑娘、贴瓷工、车间师傅、水果妇等底层人物进行勾勒的"素描诗",取材于生活,又不仅限于生活表层。他以一个旁观者的角度,书写他们的生存境遇,书写他们的卑微与缄默:"这个羞涩的女人,该如何让自己更加自如。/她开始努力观察这个成功男人。/用细小的心,沿着陡峭的山路爬,/想着路过小腿,膝盖,胸毛,以及胡碴"(《二婚的女人》),"在同一个地点,同一个时间/两人干咳一声/算是一声问候"(《抽着烟的师傅》)。然而,这种呈现又并非是完全客观、中立的,其间,还隐秘地掺杂着诗人的悲悯。譬如,在刻画在外务工的女工时,诗人意有所指地写道:"我将《许三观卖血记》翻到第46页"(《女工》)。显然,诗人有意地将女工与小说中的许三观——一个为了家庭卖血十二次的男人进行对比,从而使得女工与许三观形成一种互文性观照。魏晓运通过自身的切身体验,呈现底层生活之艰难,他的诗歌借由个体命运的书写呈现现实生活的种种复杂面貌:"我睡过多少工地的板子?/这并不重要,重要的是/多少工地的板子记住了我的名字/我的夜晚,还有/那具疲惫的尸体//我是工地十八岁的幼苗/以草木为姓,天地为名"(《生命的自叙》),"这样的高温,不属于民工/机器都会滚烫、沸腾、喊热/架子上的那个汉子,头顶冒出的烟/像机器的烟筒,但是/他的抗议,远远没有发动机的声音/那么大"(《无语的民工》)。大树的《制帽厂女工》同样关注底层现实，但新意略为不足，诗歌中的"机台"、"暗铁"、"死亡"、"沉默"等意象，容易令人想起郑小琼等人的诗作。相比较而言，《在祥华丝绸门口》所选取的切入角度就显得独特。从丝绸到蚕丝再到蚕蛹的回望，实则是对生命力量的肯定，是对命运的一次悲凉呐喊。"多年以后，父亲像一只断翅的风筝/穿梭在北疆的风雪里/繁忙脏乱的工地上，他举起一把沉重的锤子/不停地敲击着木板/像敲击着他越来越疼痛的人生/无论在怎样安静的夜里/再也无法完成一声年轻时的哭声"（顾彼曦《父亲再也不哭了》）。家庭的离散使得原本阳光开朗的父亲从此形单影只地面对生活的艰难。以父亲的哭泣之难来指向生存之不易，诗歌在"此时无声胜有声"中，展露出更具力量的现实锋芒。

　　对于敏感的诗人而言，生活中的万物皆有诗意。风霜雨雪，花开花谢，甚至一次散步，一次饮水，一次辗转反侧，都可能成为一首诗的胚芽。蓝格子的"日常"系列诗作，即从生活场景中挖掘出个人化的新颖诗意。譬如在雨水中蓝格子体悟到的是时光带来的惶恐："我们坐在各自的椅子上，共同看着/那些雨，从高处，落向低处/窗外沙滩，被砸出深深浅浅的坑/一场陡峭的雨，是不是/也将这样，砸向我们的中年"（《日常：避雨》）；在沉香的燃烧中她感慨死亡之美："沉香最终在你眼前熄灭/死亡的过程竟可以如此温柔，不动声色"（《沉香》）。余榛从瓦片中读到时间的力量与命运的神秘（《瓦片传记》），在门中看到坚守的意义（《虚掩之门》）。在贾昊樟的诗中，一幅静止的画卷重新"活"起来，枯叶、寒鸦与留白构成了张力十足的对立关系："你必须死死绷住/这一声长啸"（《枯木寒鸦图》）。

　　对于诗心萌动的青年人来说，诗意无所不在。从日常生活中发掘诗意，需要警惕的是，个体经验与情感如何艺术地转化为一首有所指的诗？换而言之，并不是所有对生活的描述在通过断句、分行之后，都可以称之为诗。一方面，诗人需要赋予诗歌以一定的意蕴与指向；另一方面，诗歌同样需要修辞与技艺。

二、诗艺的打磨：经验与情感的艺术转化

　　2013年，中国作协创研部针对以70后、80后为主体的中国青年诗人写作现状进行了一次调查。《一份青年诗人写作状况的考察报告》认为，当下青年诗歌写作大体出现了三种格局——其一：更多带有"乡土"生活经验的青年写作者在异地生存和城市化的语境中不断表达对前现代性"乡土中国"的眷恋和回溯性的精神视角，这些诗歌大体上带有精神挽歌的性质，我们也可以指认这些青年诗人的"精神乡愁"几乎无处不在；其二：青年写作群体因为各自社会身份、阶层以及精神状态和诗歌观念的差异，其中一部分青年写作者（尤其是近五年出现的诗人）存在着自我沉溺的精神倾向，在这一写作群体中，青年诗人更多沉浸于所谓个体的趣味和日常性的想象之中；其三：因为这一青年写作群体社会身份的复杂性，一些学院派的知识化写作倾向也随之出现，因为显豁的知识背景，这一群体的写作尤其是在早期都带有知识化的倾向。[①] 这一考察结果——虽然是从梳理70后、80后诗人写作状况中得出的——对于"《中国诗歌》·新发现"学员的创作而言，同样显得适用。

　　青年诗歌创作的三种普遍格局或者称之为三种普遍的书写领域的生成，意味着绝大多数青年诗人很难在书写题材上别出新意，从而显现出诗歌作品的独特性与异质性。同时，这也意味

---

　　① 霍俊明：《一份青年诗人写作状况的考察报告》，见《新世纪诗歌精神考察》，河北大学出版社，2014年版，第55页。

着,青年诗人面临着如何"新瓶装旧酒"的能力考验。换而言之,如何在常见的书写领域中展露出"我"的不一样?如何将个人化的经验与情感通过艺术转化生成独特的诗歌文本?这时,青年诗人在展开想象、遣词造句、断句划行、氛围营造、视角切换、书写风格等诗歌修辞与诗歌技艺上的钻研与训练,就显得异常重要了。

在"《中国诗歌》·新发现"的成员中,黄小培(黄一文)、潘云贵、弋戈、杨康、刘理海、覃才、莱明、马骥文、祁十木、西尔等人在诗艺的打磨上,均有着独到之处。

黄小培的诗歌,用词细腻而富有深情,在从容不迫的表达中自然生成慰藉人心的力量。他的诗,在悲伤中呈现的不是灰冷而是温暖。比如,在《细小的爱》中,他首先陈列他所不爱之物:"被我爱过的事物,有一些/我已经不再爱了,/比如亲人日渐沧桑的脸,/比如妻子默默转身的泪水,/如同生活的暗刺。/我的爱总是追不上万物的流逝。"但是,这些令人不快之物,迅速地又被那些温暖与宁静所取代:"我只爱坐在沙发上熟睡的父亲/手里缓缓滑落的电视遥控器,/我只爱他响亮的鼾声/提升的午后的宁静。"他的诗,在迷茫与困惑中呈现的不是焦灼与绝望,而是淡然与安抚:"这是对一切苦厄温柔的否定,/光芒总能透入人心,/让人在明亮中获得一种安慰"(《光芒总能透入人心,像是一种安慰》)。在众多青年诗人都在书写悲愤与绝望之时,黄小培诗歌作品中澄明的、通透的、温暖的力量,显得尤为打动人心。

在小说与散文中,潘云贵用"明媚而忧伤"的语调写下了许多青春的故事,而在他的诗歌作品中,另一种深沉与痛楚的情感表述给人留下了深刻印象。"那些树叶忧伤地飘落,忧伤地成为/世界上所有没有族谱的死者/那些遥远而凝重的颤抖/那些无人瞩目过的碎片/沉寂在九月的空气里,成为大地/局部的故事"

(《九月的遗忘》)。诗歌在丰富的跳跃中显现出联想的丰富。从飘落的树叶到死者，从死者到颤抖，从颤抖到碎片，从碎片再到大地，每一次跳跃看似无甚关联，实则都隐含着内在的逻辑。另一方面，这种跳跃又呈现出由物及人、从细小到广阔、从实到虚这样一种转变倾向，因而诗歌层次感显著，意旨圆润。在《在养老院的下午》中，潘云贵将死亡拟人化、具象化："我看见他们缓慢踱进林荫，这时／死亡从他们身体里跑出，没有形状／一边走动，一边与他们交谈"；《睡在父亲的身体里》则在独特的想象、词语的重复与递进中勾勒"我"对父亲的深厚情感："每晚在梦中／我能听见一些事物碎掉的声音／越来越清晰，是父亲的骨头／我怀疑自己正睡在他的身体里／黑暗中／骨头一遍一遍地响／我一遍一遍哽咽"。

从安（李啸洋）这个电影学博士研究生在研究电影之外也写诗——不仅写诗，他还写了不少的诗歌评论。按照那些流行的划分体系，我们可以把他归纳到学院派诗歌写作中——相比较于同龄的大学生、研究生，他的诗歌也确实更具有学院派的风格。譬如说，在他的诗歌中，少见"我"的独白，其情因而显得隐秘；语感极佳而取意、用词极具跳跃感与联想性，使得诗歌充满了象征与隐喻。在他的"咏物诗"中，他将个人的情感与玄思附着、潜藏在所咏之物中，从而使石头、雕像、锁具等具有了更为新颖的，同时更为形而上的意义指向："世界靠石头来加深自己／刻，凿，雕／在铁器里剃度，石头／方有了佛的肉身／是身／在寻找身外之身"（《石头经》），"入夜，锁便陷入无限的警觉：／无论金质、银质与铜质／保护一扇门的同时，也将牵绊留于槛外／／通常，锁活在自己的空芯里／以刑具的对称性来启闭他物。／而蛀空的部分，需要更精确的力／来召唤启示"（《锁具》），"一阵骇叫，黄铜被打磨成光滑的／比喻。裸女成形，万千手掌抚摸／赢得炫耀、为了舞台上走失的掌声／她决心不朝斧工喊疼"(《雕像》)。这种有意营造的"指向性",使得从安的诗歌生成了一种寓言性质:它是及物的,但又是务虚的;它是高度浓缩的,但又在无限地外延着。且看他的《茫石帖》:

> 不要追问。要等,
> 要等很多年,石头
> 才会相信石头。遍野的石头
> 被大风啄去僵硬;被相信的石头
> 拖着瘀青,把自己打成一道死结
> 化成沙粒,化成汹涌至虚无的尘
> 坦然接受刀剑的凌迟。一路
> 撤退的牙齿,对溪水
> 避之不及。与温柔聚集的刹那
> 掏空心悸,也泯灭悲喜。
> 盲人说,石头是风最后的住址
> 胡天蛰伏在北方的巨石里。在黄昏
> 坐定,我也成为石头的一部分

虽言"茫石",探讨的实则是人的精神困境。在时间的长河之中,化成虚无之尘之"死"与接受刀剑凌迟最后成为承载胡天之神的巨石之"生",是石头的两种选择,亦是两种截然不同的命运。当"我"最后也成为石头的一部分,石头的迷茫亦成为"我"的迷茫。这种人生迷茫无法即刻得以破解,因而,"不要追问。要等,/要等很多年,石头/才会相信石头。"时光会给予"我"答案,会见证"我"最终选择成为遍野的、普通的、最终化为沙砾的"石头"还是在痛楚中得以新生的"被相信的石头"。除此之外,诗中还隐晦地暗示"我"与"他者"之间的隔阂、苦难的承受及意义等。凡此种种,都使得从安的诗歌充满象征与隐喻，成为一种"寓言之诗"。

秋子的《桂子山》在干净而利落的遣词中建构出诗歌的淡雅之美。娴熟的语言技巧，恰到好处的断裂，使得诗歌韵味十足："这是我最爱的季节/仿佛，我能从尘埃之中，步入一片/洁净之林/前方是此起彼伏的花香，降落/深入肌理，每一树果实都隆重，安静/充实，如同圣物/这枯朽前最后的生机/这完美之中的完美/忧伤也得到洁净/仿佛，所有美好过的事物/再次呈现"。与当下许多拗口、别扭、阻滞的诗歌文本相比较，《桂子山》这种可顺畅默念、吟诵且越读越有滋味的诗歌作品，给人带来了极为舒适的阅读体验。刘浪的《独居》书写孤独，诗句中却无一句直言。从一盆吊兰的形与色写起，再到灰雀悠扬的鸣啭，在形、色、声等多种感官体验中，将一个独居女性的孤独含蓄地展露在读者的面前，令人眼前一亮："一只灰雀飞来，在她的两次失神间/轻轻跳跃着。它悠扬的鸣啭几乎/煮沸了屋里的空气，而她裁下/这歌声的一角，做成她越冬的寒衣"。诗歌的最后一句可谓是点睛之笔：将歌声进行剪裁，这本身就显得极为独特；而将这歌声做成寒衣，则尽显"她"内心深处的孤寂与寒凉。

死亡是最为永恒的文学母题之一。死亡是每一个人都必须要面对的最终结局，它令人惶恐，同时又令无数书写者"痴迷"。从某种程度上说，对待死亡的态度就是一种对自我、世界与存在的认知的呈现。冯爱飞的《那个拾柴的女人》、《比草更低的低处》，将人在生死面前的平静与豁达表现得韵味十足，从而使得诗歌在死亡书写中却生成了别样的感动人心的生命力量：

从前，我愿意提着一只篓
去很远很远的地方，收集可以生火的柴
柴从树上落下来，安静地躺在山的阳面
山的阴面，有我的母亲。有我死去多年

未曾见过一面的祖父的坟,这块地
已经被她选好了,活着的时候,
她在这里拾柴,死了的时候,她说
她要葬在这里,如果有人问起
你就对他说,瞧
那个曾在这里拾过柴的女人

一个"瞧"字尽显母亲的平静与豁达,可谓是此诗之诗眼。在《比草更低的低处》中,这种对生死的感悟则更为具体:"我们裹着夕阳,在山顶吮吸大地赐予一切生命的乳汁/羊群死了,就会落到草下面。草又长出新的葱郁来//如果有一天,我也落下去了/落在比草更低的低处,我的头顶/也会长出,新的泥土来"。死亡并不意味着个体的终结,而是一种更宽广意义的新生,因而,冯爱飞的诗歌虽写死亡,却毫无死亡书写之丑恶,也丝毫不见死亡之恐惧。丁薇也书写死亡,一种儿童视角的死亡印象:"棺木张口的嘴合上了,/它把叔叔吞了进去。那年我六岁,/不懂生离死别。/只是站在出村的路口/看着八仙抬着,痴痴等着/再一次把他吐出来"(《路口》)。此诗的独特之处在于,将死亡艺术化地表现为"吞"与"吐"。

诗歌言志、抒情,这是众所周知的常识。然而,我们也看到,巧妙地运用一些叙述学的手法,同样能够极大地促使诗歌情感的迸发。譬如,郑毅的《草堂即事》将小说叙事中的"欧·亨利结尾"运用在诗歌中:

对于读过的所有的书
我只字不谈
对于听到的所有的故事
我只字不谈

"诗意的诱惑"与"坚守的困境"

对于经历的所有的冒险
我只字不谈

我只谈心间的山川与河流
耳边的明月与清风

甚至，连这些都不谈
我怕多说了一个字
这个世界会令我更加贪恋

　　一系列的"只字不谈"，只是因为这些事物乃是"我"对这个世界的深深迷恋，结尾处的精巧转折，使得所有的"不谈"都走向了它的反面。丁薇的《雪》同样如此，在读者预期"我"站在雪中是为了得到清洁之时，丁薇却要将"我"化作那洁白的雪。"我"于是迅速地与那些需要清洗的、不洁的"他们"区别开来："雪落下来了。/人间的事物呈现同一种白，/他们获取了片刻洗清自己的机会。/而此刻，我站在雪地里，/任雪慢慢覆盖着我。/将我还原，化为这众多白中的一点。"
　　杨康的诗歌坦率而真诚，他的《我的申请书》、《我不喜欢有风的日子》、《一个人在高高的塔吊上走来走去》等诗作早已广泛传播。弋戈、何伟、祁十木等人的诗歌，意象独特而丰富，文字冷静而内敛，显得张力十足。西尔的诗歌带有强烈的叙述性质，诗中的人物形象具有极强的象征色彩（譬如《春美术馆》中的栋先生）。他试图打通诗与"非诗"的界限，在怀疑、反讽与象征中，呈现出诗歌文本的反叛性、异质性与跨文体特色。黍不语的诗歌，在隐秘的对比中使得诗歌呈现出忧伤格调，在这忧伤中又不失向上的、希望的力量。颜彦善于在时空、虚实的巧妙转换中呈现她的体悟，《年幼记》中洁净如初的左手与饱受侵蚀

· 309 ·

的右手互为观照,将成长过程中的种种情感伤痛与出生时的啼哭融为一体,显得精妙。

三、"青年冲动"与"坚守的困境"

青年人对诗有一种天然的向往与喜爱——至少,他们曾对诗有过浪漫的想象。于是,每一年,都有大量的年轻人步入到"以诗为言"、"以诗为乐"的写作行列中来。在某种程度上说,这最初的创作冲动,往往是"诗意的诱惑"的结果。从对诗的欣赏,到对诗的浪漫想象,再到进行诗的创作,这是许多青年诗人共同走过的道路。在经历一段时间的创作之后,问题也随之而来:我究竟为什么写诗?诗于我而言,究竟意味着什么?以我看来,这是青年诗人普遍面临的第一个困境,同时也是一个具有转折点意义的困境——对这一问题的思索与回答,甚至直接地影响他们创作道路的继续与否。

事实上,每年涌现出的青年诗人,其中不少都尚未真正思索过这一问题。他们写诗,凭借着的是丰富的想象、敏感的心灵、天生的语言才华以及对诗的"青年冲动"。不可否认,他们也写出了不少优秀的、极具个性的诗作,然而,问题的关键在于,这种"诗意的诱惑"下的短暂的创作冲动,难以支撑他们进行长久的诗歌创作。于是,我们看到,青年诗人一直在涌现,不少青年诗人在一两年内迅速地步入诗坛发出耀眼光芒,随即又迅速地"消失不见","诗坛代有人才出,各领风骚二三年"。换而言之,这种诗歌创作,缺乏持久性,缺乏系统而深入的思索,它是"诗意冲动",是"青年专属"。早在一百多年前,里尔克就曾经探讨过这一问题。1903 年,里尔克在给一个青年诗人的第一封信中谈到:"只有一个唯一的方法:请你走向内心。探索那叫你写的缘由，考察它的根是不是盘在你心的深处；你要坦白承认，万一你写不出来，是不是必得因此而死去。这是最重要的：在你夜深最寂静的时刻问问自己：我必须写吗？你要在自身内挖掘一个深的答复。"①

在认定了诗之于我的分量之后，言说之难构成了青年诗人创作的第二阶段的"困境"。生死爱欲，喜怒哀痛，诗歌创作的题材大多可归纳为此，因而，如何表达就显得重要。柏拉图在《伊安篇》中说，优秀诗篇的产生乃是因为诗人"被赋予灵感"、"被神附体"。然而，一时的灵感迸发不能够保证一个诗人的长久而稳定的创作；对诗艺的持续钻研与打磨，则使之成为可能。钱钟书在《谈艺录》中直言："性情可以为诗，而非诗也。诗者，艺也。艺有规则禁忌，故曰'持'也。"② 情感、才气、天分，对于一个诗人来说，当然有着重要的地位，然而，单凭情与才难以成就一个诗人——诗艺同样显得重要。因此，钱钟书认为："有学而不能者也，未有能而不学者也。大匠之巧，焉能不出于规矩哉。"③ 入乎其内，出乎其外，理当成为以诗歌为志业的青年诗人勇于直面与接受的挑战。当然，这种钻研与打磨，并没有青年诗人们想象中的那么简单，从遣词用句到诗歌结构，从意象选择到主旨呈现，每一步都令人感到艰难。从某种程度上来讲，当下绝大多数青年诗人都并非是"专业的"、"职业的"。但是，一种"专业化"的创作姿态与创作追求，应当成为青年诗人的自我要求。一方面，我们竭力将自己的诗歌写得娴熟，乃至形成一种自我的风格；另一方面，我们又必须对这种娴熟保持高

---

① ［奥］里尔克：《给青年诗人的信》，冯至译，云南人民出版社，2016年版，第16—17页。
② 钱钟书：《谈艺录》，商务印书馆，2016年版，第108页。
③ 钱钟书：《谈艺录》，商务印书馆，2016年版，第108页。

度的警惕——自我重复同样是创作道路上潜藏的陷阱。

  诗路之难，当然不止这些。诗心的坚守与诗艺的提升，是摆在当下"《中国诗歌》·新发现"青年诗人面前的两道坎。写三五十首诗歌容易，写三五个月诗歌容易，将诗歌视作一生之志业则显得尤为艰难。犹记得在首届"新发现"夏令营的授课中，叶延滨提出"诗人的成活率"这一概念："在诗坛上出名不难，难的是保有健康的诗意人生。十年后诗坛仍记得那便是好，二十年后诗坛仍记得便可以说是诗人，身后诗坛仍记得那才是真正的诗人。"[①] 2011年至今，"《中国诗歌》·新发现"共精选了九十二位学员进行细致指导与推荐，《中国诗歌》"新发现"专辑中推出了数百位青年诗人作品，他们用各自的风格呈现了诗坛的青年新力量。此刻，他们或许正处在"坚守的困境"当中。我们真诚地希望，十年后，二十年后，在诗坛上仍能读到他们的作品。

（作者系2011年首届"《中国诗歌》·新发现"诗歌夏令营学员）

[①] 叶延滨：《诗歌关键词》，见《打开诗的钥匙》，李亚飞编，卓尔书店，2014年版，第12—13页。